오세훈, 길을 떠나 다시 배우다

**일러두기**

- 외국의 인명과 지명을 비롯한 고유명사는 국립국어연구원의 외래어 표기법에 따라 한글로 옮겼습니다. 다만, 일부 고유명사는 현지에서 저자가 경험하고 느낀 것들을 생생하게 전하기 위해 현지의 발음 그대로 표기했습니다.
- 책은 『』, 신문·잡지·학술저널·텔레비전 프로그램은 「」로 표기했습니다.

다시 배우다 오세훈, 길을 떠나

오세훈 지음

르완다 키갈리 일기

RHK
알에이치코리아

# 행복을 찾아서

전 세계 인구는 현재 72억 명이 넘습니다. 그런데 세계 인구를 100명이라 가정한다면 15명은 하루 1달러, 50명은 하루 2달러 미만으로 생활합니다. 사하라 사막 이남 아프리카인의 절반은 하루 1달러 미만으로 생활합니다. 사실 이런 극빈자는 아시아에 더 많습니다. 100명 중 13명은 아직 깨끗한 식수에 접근조차 못 하고, 30명은 기본 위생시설과 전기 없이 살고 있습니다. 인터넷에 접속할 수 있는 인구는 30명이 채 되지 않고, 대학을 졸업한 사람은 100명 중 7명에 불과합니다.

우리는 르완다와 같은 개발도상국들보다 가진 것이 훨씬 많습니다. 배운 것도 더 많지요. 이룬 것도 많아서 이제 세계 10위권이라는 사실을 아무도 부인하지 않습니다. 그런데 우리는 그들보다 더 불행합니다. 르완다에서는 식당 서비스가 마음에 들지 않는다고 밥상을 뒤엎고 아르바이트 학생에게 행패를 부리는 일은 없습니다. 모든 국민을 갑과 을로 나누어 대립 관계로 보는 시각조차도 생경하겠지요. 대학 교육을 받은 엘리트 가장이 실직 후 재산이 줄어들었다고 무력감에 빠져 아내와 딸아이들을 모두 죽이고 자살을 시도하는 일도 아마 절대 일어나지 않을 겁니다. 이 모두 너무 경쟁적이고 성취 지향적인 사회 분위기 때문에 생기는 일들입니다. 객관적으로 보면 분명 우리가 르완다 사람들보다 훨씬 행복해야 하는데, 이상하게도 행복지수가 더 낮습니다. 사람이 주관적으로 느끼는 행복에는 주변과의 비교 즉, 상대적 박탈감이 큰 영향을 미치기 때문입니다.

## 이제는 눈을 돌려 해외를 바라보아야

이런 문제점을 해결하기 위해 가난과 사투를 벌이던 과거로 돌아가야 할까요? 그것은 해결책이 아닙니다. 경제 상황과 생활수준의 향상도 진정한 행복을 위해 꼭 필요한 전제 조건이니까요. 이웃 나라 일본, 중국과의 힘의 균형 관계를 생각하고 통일을 준비한다는 관점에서라도 우리는 더 발전하고 강해져야 합니다. 그렇다면 해결책은 무엇일까요?

첫째는, 사회 통합입니다. 국부는 증진시키되 빈부 격차는 줄여야 합니다. 분배와 복지에 신경을 쓰고 이에 대한 투자를 늘려가야 합니다. 그러다 보면 결국 재원이 문제될 텐데 이를 대한민국 안에서만 해결하려 하니 '정치 복지'와 '증세 논쟁'에 불이 붙어 세월만 갑니다. 이제는 눈을 돌려 해외를 바라볼 필요가 있습니다. 중남미와 아프리카에서는 도시화와 산업화가 빠른 속도로 진행되고 있습니다. 현재 진행형 시장인 라틴 아메리카와 잠재력이 큰 미래 시장인 아프리카에서 성장 가능성을 만들어내기 위해 지금 우리는 어떤 준비를 하고 있습니까? 우리가 소홀히 해왔던 지구촌 구석구석에서 우리 경제의 파이를 키워, 지속 가능한 복지 재원을 마련할 수 있도록 긍정적이고 미래 지향적인 화두로 관심이 옮겨가면 좋겠습니다.

### 나누고 베풀며 발전하는 나라

둘째는 국민적 자부심입니다. 우리는 이미 전 세계에서 두 번째로 많은 봉사 인력을 개발도상국에 파견하는 나라입니다. 우리보다 경제와 인구 규모가 훨씬 큰 미국에 이어 우리가 두 번째인 것만으로도 충분히 자랑스럽습니다. 그런데 만약 우리가 1위에 오른다면 국제사회에서의 평가가 확연히 달라질 것입니다. "불과 50년 전 눈물을 뿌리며 국제사회에 도움을 청하던 대한민국이 진정한 선진국 클럽인 개발원조위원회(DAC)에 가입한 지 몇 년 만에 전 세계에서 해외 봉사 인력을 가장 많이 파견하기 시작했다!" 이 얼마나 가슴 벅찬 일입니까?

국제사회 기여에 대한 평가가 하위권인 대한민국이 원조 금액으로 다른 나라와 승부를 걸 수는 없지만, 산업화 노하우를 지닌 수많은 봉사자와 투철한 봉사 정신으로 승부한다면 국제사회에서 주목할 만한 평가를 받는 것은 어렵지 않습니다. 이로써 국가 브랜드와 호감도를 향상시킬 수 있는 것은 물론 우리 스스로도 국민적 자부심을 끌어올려 화해와 배려의 정신 문화를 고양시켜 나갈 수 있을 것입니다. 사람은 나누고 베풀면서 행복을 느끼고, 자부심을 느끼는 사회일수록 양보와 배려가 자연스런 문화로 체화되는 법입니다.

### 삶의 보람과 의미를 찾는 이들에게

진심으로 바라건대, 우리의 젊은이들이 인생을 설계할 때 보람과 의미를 찾아가는 길을 선택하면 좋겠습니다. 경쟁과 쟁취로 점철되어 살아온 산업화 세대의 은퇴자 분들도 인생 이모작만큼은 뜻깊은 일을 하며 인생을 마무리할 기회를 가지면 얼마나 좋을까요.

명예와 지위, 돈을 모두 얻었다 해도 보람과 가치가 빠지면 종국에는 쓸모없고 권태로운 소유일 뿐입니다. 국민 모두가 행복하고 자부심에 넘치는 진정한 선진국을 향해 함께 나아가길 기원합니다.

| 3장 |
# 우리의 현재, 그들의 미래

1장

**용서와 화해로
품은 기적**

# 르완다의 수도, 키갈리에 도착하다

2014. 7. 31(목)

나는 지금 르완다공화국의 수도, 키갈리에 와있다. 서울에서 카타르의 수도, 도하까지 약 10시간, 우간다의 엔테베 공항까지 5시간 남짓. 거기서 다시 50여 분의 비행 끝에 이곳에 도착했다. 키갈리 공항은 시골 역사 같다. 공항 터미널의 규모도 서울의 강남고속버스 터미널보다 작고 짐을 찾는 컨베어 벨트도 세 개뿐. 한마디로 초미니 국제공항이다. 엔테베까지는 터키 등지로 여행하는 한국 관광객이 많았는데 이곳으로 이동하는 비행기 안에서 한국인은 우리 일행뿐이었다. 앞으로 6개월 동안 나와 함께 키갈리시청에서 동고동락할 코이카 중장기자문단 10기 최정봉, 나이파 7기 권영동 자문관과 함께 오니 든든했다. 『백인의 눈으로 아프리카를 말하지 말라』라는 책 또한 긴 비행시간 동안 내 동반자가 돼주었다.

■  호텔 테라스에서 바라본 키갈리 전경. 분명 도시 한가운데지만 포근하고 아늑하다.

　　김동립 코이카 부소장과 윤효정 관리(코이카 현지 사무소에서 우리 같은 봉사단을 돌보는 요원들을 관리 요원이라 하는데, 보통 이렇게 줄여 부른다.)의 마중을 받고, 코이카 봉고차 편으로 보세주르 호텔에 도착한 시간은 오후 2시 반 무렵. 이곳과 서울의 시차는 7시간 정도인데 긴장해서 그런지 피곤함도 못 느꼈다. 간단히 샤워만 마친 뒤 휴대전화를 마련하러 호텔을 나섰다. 한국에서 가져온 스마트폰 유심칩을 현지 통신업체 것으로 갈아 끼우는 데 1,500르완다프랑(한국 돈 2,500원)이 들었다. 그 휴대전화에 5,000르완다프랑을 충천하고 나니 든든했다.

　　그러고 나서 바로 권영동 자문관의 친정인 케이티(KT) 르완다 사무소를 방문하여 신판식 현지 사장으로부터 르완다 정부의 통신 정책에 대한 대강의 사정을 들었는데, 르완다의 폴 카가메 대통령은 정보통신기술에 모든 것을 건 듯했다. 1인당 국민소득 1,000달러도 안 되는 아프리카 빈국에서 상상하기 어려운 시도를 하는 폴 카가메 대통령은 뛰어난 예지력과 실행력을 겸비한 출중한 지도자라는 생각이 들었다.

## 시골 고향에 온 듯, 포근했던 첫날

저녁 6시에 인근 한식당으로 이동했다. 여기도 한식당이 두 군데 있다고 하니 다행이었다. 웬만한 곳은 차로 10여 분 거리에 있는 것을 보니 이 도시의 크기가 짐작이 갔다. 오랜만에 먹는 제육볶음에 김치찌개는 그야말로 꿀맛이었다. 내 식성이 좀 좋긴 하지만 순식간에 밥 두 그릇을 게 눈 감추듯 해치웠다. 값은 조금 비싼 편이었는데, 바다가 없는 르완다의 형편상 케냐를 거쳐 식재료를 운송하다 보니 원가가 많이 든다고 했다.

그런데 두어 시간의 식사 시간 동안 전깃불이 세 번이나 나갔다 들어왔다 했다. 한 번 나가면 다시 들어오기까지 10분 정도 걸렸는데 문득 삼양동 산동네에 살던 어린 시절이 떠올랐다. 호롱불을 켠 채 책 읽고 식사하던 추억이 말이다. 해지기 전까지 숙제를 마치느라 분주했던 기억이 떠올라 속으로 웃었다. 식사 도중 불이 나가 깜깜해졌는데도 코이카 직원들은 전혀 당황하지 않고, 휴대전화 불빛 위에 물병을 올려놓는 모습이 재미있었다. 나름 그럴듯한 전등이 돼주었는데, 덕분에 아주 분위기 있는 식사를 할 수 있었다. 수력 발전에 의존하는 현지 사정상 지금이 건기라서 전력이 부족하다며 이런 일은 다반사라고 했다.

샴푸와 치약을 사서 호텔로 가려고 차에 오르는데 두 명의 아이가 내게 손을 벌렸다. 까만 피부에 눈동자가 새까맣게 빛나는 녀석들이었다. 마침 물건을 사고 받은 동전이 있어 하나씩 쥐어주니 신이 나 달려갔다. 갑자기 페루의 아이들 생각이 났다. 피부색이 달라진 것만 빼면 거기나 여기나 살림살이가 팍팍한 풍경은 매한가지구나 싶어 마음 한쪽이 짠했다.

호텔에 들어와 창문 넘어 언덕배기로 시내인지 외곽인지 모를 곳에서 뻗어나온 불빛을 바라보았다. 늦은 오후에 케이티 사무소에서 얻어 마신 냉커피 때문에 한국 시간으로 새벽 4시인데도 정신은 오히려 점점 더 맑아져왔다. 몸은 무너질 듯 힘든데도 말이다. 멀리 보이는 집들의 백색, 황색 불빛이 하늘에 총총히 흩뿌려 놓은 별빛 같았다. 그 모습이 마치 고향 시골 마을 밤 풍경처럼 정겨웠다.

이곳에서는 또 어떤 일들이 나를 기다리고 있을까? 낯선 땅, 르완다 키갈리에서의 첫날 밤이 적막하지만 포근하게 깊어간다.

# 큰 상처를 딛고 일어선 나라

2014. 8. 1(금)~2(토)

정신없이 바쁜 이틀을 보냈다. 우선 앞으로 머물 집을 정했다. 부동산의 소개로 시청 부근에 있는 아파트와 단독주택을 둘러보았는데 3명이 함께 살 만한 곳도 드물 뿐더러 값도 엄청나게 비쌌다. 시청에서 차로 20분 정도 떨어진 코이카 사무실 근처의 단독주택들도 돌아보았으나 도저히 정붙이고 살 만한 환경이 아니었다. 그러다 결국 찾아낸 것이 4층짜리 아파트다.

그 아파트 1층에 딱 하나 빈 집이 있어 그곳으로 결정하고 돌아왔는데, 여러모로 열악하기 그지없었다. 무엇보다 대중교통을 이용하기 힘들 만큼 외진 곳이라는 게 문제였다. 출퇴근을 위해 택시를 월 단위로 계약해 이용하자는 데 의견이 모아지긴 했지만, 생각보다 비용이 많이 나가 더 알아봐야 할 듯하다. 근처에 마트 등 편의 시설도 없어 앞으로 여러 가지 불편을 각오해야 할 것 같다.

## 아름다운 미소 속에서 그림자를 읽다

오늘 둘러본 '제노사이드 박물관(인종학살 박물관)'은 충격 그 자체였다. 규모는 그리 크지 않고, 전시도 사실 위주의 과장 없는 단순 나열식이었는데 약 1시간의 짧은 관람은 인간의 야만성과 잔인성을 자각하기에 충분했다. 이 세상에서 가장 무서운 존재는 맹수도, 상상 속의 괴물도 아닌 바로 인간이라는 현실이 정말 무섭고 받아들이기 힘들었다.

두개골과 정강이뼈 등을 모아 놓은 전시실을 돌아볼 때만 해도 견딜 만했는데, 천진난만한 어린아이들을 칼로 베고 총으로 쏘아 죽이고 벽에 던져 죽이는 등의 집단 광기를 목도하는 순간, 인간은 어디까지 잔인할 수 있는지 망연자실했다. 사실 몇 가지는 차마 소개할 수조차 없다. 박물관을 돌아보며 인간과 인성에 대하여 다시 생각할 기회를 가졌다. 정치적 목적으로 종족 간의 증오심에 불을 붙이고 군중심리를 이용하여 집단 히스테리에 빠지게 만든, 혐오스런 대중 조작의 주인공들이 아직도 벌을 받지 않고 있다하니 더 기막힐 따름이다.

하지만 르완다 국민들은 불과 20년 전의 이 광기 어린 집단 학살로 입은 상처를 딛고 일어섰다. 피해 종족 출신으로, 복수의 충동을 억제하며 90퍼센트 다수 종족과 화합해 재기를 모색 중인 폴 카가메 대통령에 대해서도 자연스레 존경의 마음을 가지게 되었다.

박물관을 다녀온 뒤 거리를 지나며 환하게 웃는 이 나라 국민들을 마주하니 어떤 생경함이랄까, 환한 웃음 속에 드러나지 않고 잠재돼있을 상처의 그림자가 읽히기도 한다.

얼마나 아팠을까. 그 충격과 마음의 상처를 우리가 감히 상상이나 할 수 있을까. 어느 날 갑자기 이웃이 모두 폭도로 변해 자신과 가족들을 공격해

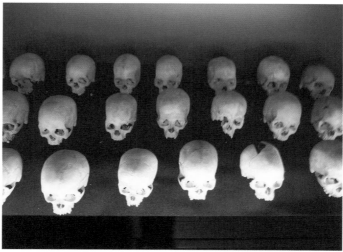

■ 제노사이드 박물관 안에 전시된 희생자 유골들. 이들의 역사를 돌아보며 가장 무서우면서 동시
에 가장 위대한 존재가 바로 인간이라는 생각을 했다.

올 때 느꼈을 공포 속의 배신감과 무력감, 그리고 증오심……. 하지만 그 모든 아픔을 함께 극복해나가는 마을 재판(가차차, GACACA)의 역사를 지켜보며 가장 잔인하고 무서운 것도 인간이지만, 가장 위대한 것도 인간임을 확인하고 안도했다. 그리고 복수할 수 있음에도 '기억하자(퀴부카, KWIBUKA).'를 외치며 증오의 마음을 화해로 승화시킨 존경스런 극복 과정이 무척 경이로웠다. 100일 동안 무려 100만 명이 살육당했음에도, 전국 1만여 마을에서 동시에 전통 양식의 재판을 열어 가해자가 죄를 고백하고 용서를 빌면 피해자의 집에서 노역하는 것으로 용서했다고 하니 그저 놀라울 뿐이다.

이렇게 아픔을 극복해나가면서도 10년째 연 평균 경제성장률 7퍼센트를 성취하고, 아프리카에서 기업하기 좋은 나라 2위라는 안정된 사회를 일구어낸 정치적 리더십은 어디서 오는 것일까. 대부분의 아프리카 나라가 부정부패의 늪에서 벗어나지 못하고 있는 데 비해 아프리카 최고의 청렴한 공직 풍토를 조성한 탁월한 리더십은 어떻게 가능했을까. 이런 부분에서는 부끄럽기 그지없는 우리가 르완다에 무엇을 전수하고 무엇을 가르친단 말인가, 하는 근원적인 질문도 솟아난다. 이럴수록 배우고 또 배워야겠다. 앞으로의 6개월은 그 소중한 배움의 시간이 될 것이다.

# 이곳에 부는 새마을 바람

2014. 8. 3(일)~4(월)

드디어 어제 이사를 했다. 오전에 이사를 마치고 오후에는 새집 살림에 필요한 물건과 식료품을 구입했다. 근처 재래시장에서 홍당무와 양파, 가지, 파 등을 사다가 된장찌개를 끓여 저녁을 해결하기도 했다. 두 룸메이트에게 여러 차례 "식당에서 먹는 것보다 훨씬 맛있다."라는 찬사를 들었는데, 왠지 앞으로도 계속 식사 당번을 하라는 귀여운 압력성(?) 부탁으로 들렸다. 오늘 아침은 살짝 데친 토마토와 브로콜리, 오이와 홍당무를 고추장에 곁들여 먹었다. 앞으로도 끼니는 이런 식으로 해결이 가능할 것 같다. 먹을 것이 열악하다는 코이카 김 부소장의 사전 경고 때문에 솔직히 좀 걱정이 됐는데, 생각보다는 나쁘지 않다.

오늘도 하루 종일 바빴다. 오전에는 새마을 봉사단이 활동 중인 무심바 마을을 방문했고, 오후에는 코이카에서 원조 사업을 진행하는 직업훈련학

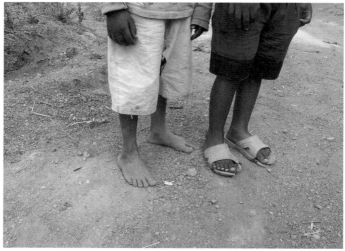

■  무심바 마을의 아이들. 다음에는 플라스틱으로 만든 아프리카 신발 '보다보다'를 사다 신겨주어
야겠다.

교를 찾아갔다. IPRC(종합 기술 훈련원)의 각종 기술교육 작업장의 활기찬 모습도 인상 깊었지만, 정말 뿌듯했던 곳은 키갈리에서 약 1시간 거리에 자리한 무심바 마을이었다.

건기라서 그런지 먼지가 풀풀 날리는 시골길에 들어서니 첫눈에도 척박해 보이는 농촌 마을이 나타났다. 이 평범한 시골 마을에서 내 가슴은 벅차오르기 시작했다.

## 한국의 봉사자들이 이룬 값진 기적

3년 전 4명의 새마을 봉사단이 이 마을에 도착한다. 이들은 경상북도에서 파견한 자원봉사자인데, 말도 잘 통하지 않는 현지에 도착해 근면, 자조, 협동의 새마을정신을 이야기하며 비싼 쌀값 덕분에 고소득을 보장한다는 벼농사를 제안했다. 이에 마을 주민들은 '돈을 주면 하겠다.'라는 어이없는 반응을 보였다고 한다. 땅을 개간하면 당신들 것인데 왜 돈을 주어야 하느냐는 말에 그러면 안 하겠다는 심드렁한 대답이 돌아왔다고 한다.

대대손손 변화라고는 경험한 바 없던 무심바의 주민들은 감자와 옥수수, 콩 등을 재배하며 먹고살기 바빴고, 그것으로 만족이었다. 한 가족당 평균 네다섯 명의 아이들이 태어나는데 걸을 수만 있으면 물통을 주고 물을 길어오도록 했고, 학교에 보내기보다는 일을 시키는 것이 더 자연스러운 풍경이었다.

지금도 물을 길러 가는 아이들 대부분이 신발을 신지 않고 맨발로 다닌다. 오늘 들여다본 그들의 진흙집 실내는 거의 축사에 가까웠다. 악취가 진동했고, 파리가 들끓었다. 집 밖의 재래식 변기는 그냥 뒷마당에 약 10미터 깊이로 파놓은 구덩이였다. 구덩이가 다 차면 메우고 다른 구덩이를 파 볼

일을 보다 보니 비가 올 때마다 오물이 지하수로 흘러드는 것은 당연지사. 문제는 그 물을 식수로 사용한다는 것이다. 이 동네 주민들이 기생충과 설사병 등 각종 수인성 질병으로부터 자유로울 수 없는 이유기도 하다.

이렇게 수백 년을 살아온 이들에게 주거 환경을 개선해 위생을 증진하자, 길을 넓혀 작물을 집하할 수 있는 도로를 구축하자, 최고 소득 작물인 벼를 재배하자고 해보아야 들을 리 만무했다. 그 개념조차 이해할 수 없을 뿐 아니라, 동기부여도 전혀 되지 않을 것이기 때문이다.

당시 1기 새마을 봉사단으로 무심바에 와서 2년의 고생 끝에 논을 6헥타르 만들어낸 윤효정 관리의 이야기를 듣고 있자니 도전 정신에 절로 고개가 숙여졌다. 당시 윤 관리는 현지인이 살던 집에서 매트리스 한 장만 깐 채 벼룩과 이와 싸우며 버텼다고 한다. 그 정도 되면 주민 설득은 둘째 치고 하루하루 생존이 투쟁 그 자체였을 것이다. 전기도 전혀 들어오지 않았다고 하니 고생스런 장면 장면이 눈에 선하다.

벽창호 같던 주민들을 설득해가며 괭이와 삽을 들고 논길을 만들고 물길을 내가는 과정을 일일이 설명할 필요는 없을 것이다. 먹을거리는 오죽했겠으며, 전통을 고수하고자 하는 원주민들의 객기 어린 저항에 얼마나 힘들었을까.

이러한 고난의 행군을 거쳐 이제 끝이 보이지 않을 정도로 넓은 17헥타르의 논이 만들어졌고, 온 마을 주민이 협력하여 벼를 수확하고 있다. 고소득 작물인 파인애플 밭도 여기저기 생겨났고 양봉도 시작했다. 집도 변신 중에 있다. 문자 교육과 위생 교육, 새마을 정신 교육이 동시에 이루어지고, 새마을 회관과 유치원, 학교가 세워지고 마을 한복판에 수도꼭지가 놓이기도 했다.

■    무심바 마을의 전경. 새마을운동이 마을을 이렇게 변화시켰다.


지금은 2기 격인 정종렬 팀장 아래 정요한(파인애플 재배), 서보경(주거환경개선) 봉사자가 이곳에서 헌신하고 있다. 임무 교대를 위해 3기가 도착해서 인수인계 작업 중인데, 조명숙, 조훈미, 김영욱, 한명진 봉사자가 바통을 이어받아 의미 있는 고생을 계속할 것이다. 그중 조명숙 차기 팀장은 아이들 다 키워놓고 봉사활동을 위해 이틀간 남편을 설득했다는 대한민국의 열혈 아줌마이고, 다른 세 명은 대한민국의 열혈 청년이다. 나는 이들이 정말 자랑스럽고 존경스럽다. 무엇보다 사랑스럽다. 이런 봉사 정신과 도전 정신으로 무장된 차세대가 있기에 대한민국의 미래는 밝다고 믿어 의심치 않는다. 그래서 매 순간 가슴이 벅차오르고 신난다.

# 트럭 타고 첫 출근

2014. 8. 8(금)

생각보다 빨리 키갈리에 정착하고 있다. 집도 사흘 만에 정해 이사를 마쳤고, 출퇴근에 필요한 교통 편도 제공받기로 이야기가 잘되었다. 여기는 대중교통 시설이 빈약한 정도를 넘어 이용할 수 있는 버스 노선이 거의 없다. 그래서 함께 파견된 세 자문관과 차를 렌트했고 그 차가 준비되는 이달 말까지는 시청에서 통근용 차량을 보내주기로 했다.

어제 첫 출근을 하려고 나섰는데 집 앞에 픽업트럭 한 대가 도착해있었다. 시청의 차량 형편이 안 좋은지 우리에게 픽업트럭을 보내준 것이었다. 한바탕 웃었지만 그래도 이게 어디인가. 고마운 마음으로 트럭에 올라 사무실로 향했다. 뒷좌석이 좁아 3명이 오그리고 앉기가 불편해, 화물을 싣는 뒤편에 올라탈까 싶기도 했지만 꾹 참았다. 체면이 뭔지.

■ 첫 출근을 도와준 픽업트럭. 너무 좁아 뒤편의 짐칸에 타고 싶은 마음이 굴뚝같았다.

이사한 아파트는 특이하게도 세 방에 모두 화장실이 붙어있어 우리가 쓰기엔 적격이다. 그런데 장점은 딱 그것뿐이다. 1층이라 도난의 위험성도 높고, 내부가 훤히 들여다보여 더위에 창문 열기도 조심스럽다. 주변에 마트 하나 없고, 버스 노선도 없고, 아파트 앞길은 비포장인데도 월세는 1,900달러! 열심히 깎았는데도 생각보다 비용이 만만치 않다. 그나마 3명이 나누어 부담해 다행이라면 다행이다.

개발도상국 수도에서 외국인이 밀집해 사는 곳은 대부분 집세가 바가지로 형성되어있다. 외국인들은 세가 비싸도 울며 겨자 먹기로 치안이 좋은 지역을 선택할 수밖에 없기 때문이다. 그래도 운 좋게 빈 아파트가 있어

빨리 들어올 수 있었으니 다행이다. 여러 가지 불편한 것이야 이미 각오한 바다.

여기 코이카 사무소는 근무 환경이 비교적 좋은 편이다. 대사관 바로 옆에 단독주택 두 채가 붙어있는 형태인데, 공간도 넉넉할 뿐더러 호수가 내려다보이는 경치 덕분에 마음이 넉넉해진다. 이곳 코이카 사람들을 볼 때마다 리마 코이카가 많이 생각난다. 리마와 달리 가정집을 개조한 키갈리 사무소는 주방 활용이 가능해, 점심을 한식으로 해결할 수 있다. 직원들이 돈을 모아 가정부를 쓰는데 재료비가 싼 덕분에 가격 대비 음식이 아주 좋아 부럽다. 한번은 점심을 얻어먹을 기회가 있었는데, 시청에서 거리만 가깝다면 매일 가서 먹고 싶을 정도였다. 동시에 열악한 리마 코이카 사무실이 생각나 안쓰러웠다.

## 열린 마음으로 키갈리를 만나다

우리 3명의 자문관이 일하게 된 공간은 60평 정도 되는 사무실의 한 귀퉁이다. 그것도 딱 화장실 옆. 원래 이 사무실은 상업용 건물 안에 마련된 시청의 원스톱센터(건축 인허가를 일주일 정도의 단기간 내에 내주는 일종의 시청 민원부서)를 위한 공간인데, 칸막이가 없어서 내가 일하는 모습이 밖에서 훤히 보인다. 처음에는 살짝 황당하기도 했지만 오히려 실무 부서의 분위기를 파악할 수 있다는 점에서 장점이 될 수 있겠다는 생각이 들었다. 3개월 뒤 입주 예정인 신청사의 막바지 정리 작업이 한창인데, 건물이 완공되면 우리도 신청사로 들어간다.

이틀 전에는 키갈리 시의 휘델 시장을 만났는데 학자 같은 인상이었다. 성실하고 착한 모범생 스타일의 시장은 우리 일행을 맞아 기대가 큰 듯했

■  앞으로 일하게 될 키갈리시청 신청사와 현재 일하는 원스톱센터 사무실 내부 모습.

다. 의례적인 인사를 나누고 난 뒤 한국에서 파악해온 신공항 건설 및 구공항 부지의 신도시 건설 사업에 관한 관심을 확인했다. 어쩌면 이 일이 우리 업무에서 가장 중요한 비중을 차지할지도 모르겠다.

시장이 시청과 떨어져있는 우리 사무실에 와 직원들과 스스럼없이 어울리는 것을 보니, 리마와는 많이 다른 성향의 리더십을 볼 수 있을 것 같다. 열악한 근무 환경을 제공하고 미안해하는 것 같아 "열린 공간이 마음을 열어준다."라고 화답했다. 아직은 더 두고 봐야겠지만 일이 원활히 돌아갈 것 같은 기분 좋은 예감이 든다. 무엇보다 같이 사무실을 쓰는 사람들이 모두 착하고 성실해 보여 마음이 놓인다.

함께 지내는 정보통신기술 전문가 권영동 자문관(전 케이티 지사장), 도시계획 및 건축 전문가 최정봉 자문관(전 엔지니어링사 이사)과도 궁합이 잘 맞는 편이다. 두 분 모두 식사 준비에는 자신 없어 해 거의 내가 도맡고 있는데, 이 또한 매우 즐겁다. 원래 음식 만드는 사람은 상대방이 맛있게 먹어주기만 해도 뿌듯한 법이니까. 요즘 페루에서 갈고닦은 실력을 총동원하고 있다.

이처럼 일이나 생활 모두에서 리마에 비하면 참으로 빠른 속도로 정착하고 있다. 그래서일까. 벌써 키갈리가 좋아졌다. 도착하고 딱 일주일 지났는데 마음이 활짝 열린 듯하다.

# 정보통신 강국을 꿈꾸다

**2014. 8. 11(월)**

오늘은 공부를 많이 했다. 사실 나는 정보통신기술 이야기가 나오면 주눅부터 드는 문외한이다. 새로 산 전자기기를 보면 한숨부터 나오는 기계치이다 보니, 첨단 기술의 발전 속도를 따라가기가 정말 버겁다. 특히 정보통신 분야는 왜 그리 자주 업그레이드되는지, 새로운 용어들을 접할 때면 스트레스를 받곤 한다. 그런 내가 여기서 상당한 관심을 가지고 흥미를 느낀 이야기가 바로 정보통신기술이다. 르완다를 위해 자문하려면 이 분야에 대한 이해가 필수라서 관심을 가지기 시작했지만, 권 자문관의 체계적인 설명을 듣다 보니 혀를 내두를 일이 한두 가지가 아니었다.

사실 르완다는 이미 몇 차례 언급했던 것처럼 전기 공급조차 안정적이지 않은 초기 개발도상국이다. 내가 근무하는 15층 건물의 엘리베이터 안에서 출근 첫날부터 정전을 만났으니 상황이 짐작이 가지 않는가. 그런 일을 당하면 순간 당황하고 공포심도 느낀다. 잠시 후 전기가 들어오고 엘리베이터가 지상으로 쉬지 않고 내려가는데 머리칼이 모두 곤두섰다. 미안한 이야기지만 아직 아프리카를 믿지 못하는 탓이다. 그다음부터 엘리베이터에 들어설 때마다 은근히 뒷골이 당긴다. 이런 일이 수시로 일어나는 르완다! 전력 사정이 이렇다 보니 번듯한 제조업이나 서비스 산업도 당분간 자리 잡기 힘들어 보인다. 특히 정교함을 요하는 제조업은 어림없다. 그런데 당장 급한 전력선도 제대로 연결되기 전에 광대역 통신망을 위한 광케이블이 전국적으로 깔렸다면 믿겠는가.

## 전깃줄이 아니라 광케이블이 깔렸다고?

실제로 경상남북도 크기의 르완다 전국에 두 개의 8자를 연결해놓은 2,900 킬로미터의 첨단 광케이블이 이미 깔려있다. 우리나라 기업 케이티가 르완다에 본격 진출한 것은 벌써 5년여 전. 케이티는 약 1천억 원의 비용을 들여 전국에 광케이블을 깐 주인공이다. 물론 그동안 이루어진 공사는 르완다 정부로부터 발주받은 사업이었고, 비용은 세계은행의 원조 자금을 조달 받았으니 케이티는 쏠쏠한 사업을 한 셈이다. 여기까지는 케이티가 통상의 안정적인 수익 사업을 한 것이다.

그런데 9월 1일부터는 새로운 합작 투자 덕분에 키갈리 시 전역에서 인터넷이 팡팡 터지는 4G LTE 서비스가 제공된다. 오늘 케이티의 그 관제센터를 둘러볼 기회를 가졌다. 목표 시점에 쫓겨 한창 막바지 공사 중인 백본 기계실은 정신이 없었다. 지금은 시범 사업 기간인데도, 집에서나 사무실에서 이메일을 주고받고 블로그 글을 올리는 데 거의 불편함이 없다. 어떻게 이런 순서의 생활 기반 투자가 가능할까?

지도자의 '미친' 혜안 덕분이라고밖에 설명할 방법이 없다. 전기 공급도 제대로 되기 전에 미래의 황금알을 낳는 정보통신에 투자하기로 결정한 이 나라 대통령의 어찌 보면 무모한(?) 결단에 머리 숙여 경의를 표한다. 이미 언급했지만, 르완다는 가진 것이 아무것도 없다. 오직 사람뿐! 그러니 대통령은 절박했을 것이다. 궁하면 통하는 법. 다른 아프리카 나라들은 원조 자금을 받으면 도로를 포장하고 다리를 놓는 등 큰 틀을 구축하느라 정신없다. 하지만 카가메 대통령은 정보통신 고속도로를 놓는 데 올인했다. 실제로 키갈리 시는 간선도로를 제외하면 대부분의 길이 비포장 상태다. 동네 산책만 다녀와도 신발이 누런 진흙빛으로 변한다. 수도의 모습도 이러하니, 전국에 광케이블을 깐다는 결정은 거의 미쳐 보이는 수준이다. 그러나 그의 속을 들여다보면 엄청난 야심이 엿보인다. 아프리카 정보통신 산업의 종주국이 되겠다는 것이다.

우리는 가진 것이 아무것도 없을 때, 수출을 생각했다. 인건비가 싼 장점을 이용, 원자재를 들여다 가공한 뒤 수출하는 과정에서 부가가치와 일자리를 창출해냈다. 대부분의 개도국은 이 전략을 쓴다. 그러나 르완다는 그조차도 불가능하다. 사방이 막힌 내륙 국가라 원자재와 제품이 드나들 항구조차 없기 때문이다. 다른 나라를 통하자니 물류비에서 원가의 압박을 받게 된다. 인건비 싼 것이 아무 소용이 없다. 사실 쓸 만한 기술도 축적되어 있지 않다. 그러니 무슨 방법이 있었겠는가?

오늘 르완다 정부 지분 49퍼센트, 케이티 지분 51퍼센트가 들어간 합작 벤처 회사인 '올레 르완다 네트워크'의 전영석 사장으로부터 이 회사의 영업 현황과 전략을 들었다. 전 사장은 올해부터 3~4년 내에 전국에 4G LTE 무선망 설치 95퍼센트를 완료해주는 대가로 25년간 독점적인 홀세일

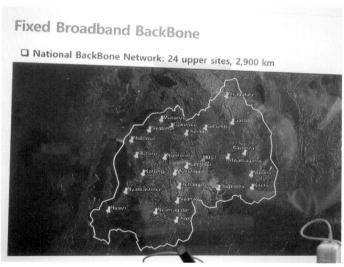

**위**   케이티 관계자들로부터 르완다의 정보통신기술 현황을 듣는 모습.
**아래**   르완다 전국에 깔린 광케이블 지도.

(LTE 영업권 도매) 권한을 따낸 계약의 향후 수익성과, 현재 영업 중인 3G 사업자들의 텃세를 극복해가며 4G LTE 시장을 구축해가는 전략을 상세히 설명해주었다. 현재 3G 사업자 세 개 회사 중 3위 사업자부터 판을 뒤집어 보자며 유혹해 자신들의 사업에 끌어들이고, 이로써 1, 2위 사업자의 위기의식을 조장하여 결국 모든 사업체를 끌어들이는 중이라는 설명에 역시 케이티 전설의 해외 영업통이구나 싶었다.

간단히 요약하면, 케이티는 비용을 투자해 고속도로를 건설했으니 톨게이트 영업권을 독점해서 중간 도매상에게 팔 수 있는 권한을 가지게 됐다고 보면 된다. 이 과정에서 지방 국도 휴게소 영업권자들의 생존을 위한 저항이 얼마나 컸을까. 이걸 모두 제압하고 사업 파트너로 참여시키는 중이라는 뜻이겠지. 그 설명을 듣는 와중에도 내 머릿속은 파격적인 계약 조건에 흔쾌히 동의해가며 케이티의 투자를 받아낸 지도자의 결단에 대한 경외심으로 가득 찼다. 이 사업으로 케이티는 이익을 보장받게 되었고, 르완다는 장밋빛 미래를 보장받은 셈이다.

그리고 이 모델이 성공적으로 진행되면 이웃나라 우간다, 케냐, 탄자니아, 콩고 등도 잠재적 시장으로 등장할 것이다. 르완다 입장에서 보면 그 과정에서 준비된 르완다 정보통신 전문가들과 서비스까지 수출할 수 있으리라. 노력 여하에 따라서는 정보통신기술 관련 주변기기 생산기지로 진화해갈 수도 있을 것이다. 국민들이 정보통신산업의 발전 덕분에 일과 교육, 일상생활에서 혜택을 받는 것은 당연한 소득이겠지. 참으로 멀리 내다본다. 무모하리만큼. 이런 걸 꿈이라고도 하고 비전이라고도 부른다. 선한 개발 독재가 이 세상에 있는지 모르지만, 있다면 바로 이를 두고 하는 말일 것이다.

르완다에 와서 우리 정보통신, 광대역 데이터 전송 시스템 구축 사업의 현주소를 실감하고 개도국의 미래를 열어가는 활용 현황을 실감 나게 보게 될 줄 누가 알았을까. 여기서 지도자가 가진 비전의 힘, 미래를 내다보는 혜안과 결단력이 결합될 때 생기는 가공할 만한 영향력을 생생히 지켜보게 될 줄은 정말 짐작하지 못했다. 아직은 꿈일 뿐이다. 그러나 꿈은 미친 실행에서 시작해 현실에 미치게 된다. 미치면 미친다.

# 에볼라 바이러스

2014. 8. 13(수)

이번 주는 어수선하게 출발했다. 에볼라 바이러스가 르완다에 상륙했다는 소식 때문이다. 월요일 오전 11시경 아내로부터 전화가 왔다. 첫마디가 "괜찮아요?"였는데, 한국에 뉴스가 떴다는 것이다. 요지는 에볼라 발병국인 라이베리아를 방문하고 돌아온 독일 출신 의대생이 에볼라 감염 의심 증세를 보여, 르완다의 한 병원에 분리 수용되어 확진 절차를 거치고 있다는 것이었다. 전화를 끊고 뉴스를 확인해보니 과연 그랬다.

앞이 아득했다. 최악의 경우 100여 명이 넘는 르완다 봉사단원들이 단체로 이삿짐을 꾸리는 사태가 생길 수도 있는 상황이었다. '그러면 입국은 할 수 있는 건가?', '입국하더라도 집으로 바로 못 가고 단체 수용되어 바이러스 잠복기까지는 관찰과 검사받는 기간을 거쳐야 하나?' 생각이 꼬리에 꼬리를 물었다.

그러던 중 코이카에서 연락이 왔다. 비상연락망이 가동된 것이다. 윤효정 관리는 현재 상황을 설명하고 내일까지는 확진 결과가 나올 테니 동요하지 말고 되도록 많은 사람과의 신체 접촉을 피하고 손을 자주 씻으라고 당부했다. 잠시 뒤 대사관에서도 이메일로 공지 사항을 보내왔다. 에볼라 출혈열의 증상, 주의사항과 코이카로부터 수정 보완된 비상연락망이 고지되었다. 나는 양선승 중장기 자문단원으로부터 연락받아 최정봉 자문관에게 전달하면 된다는 통보를 받았다. 비상체제가 잘 가동되고 있음을 확인하고는 마음이 놓이기 시작했다. 대한민국 국민으로서 정부의 보호를 적절히 받고 있다는 안도감이었다.

그러나 마음 한구석은 불안했다. 이제 겨우 키갈리시청 측과 업무 시작을 위한 협의를 진행 중인데, 시작도 못 해보고 귀국할지 모른다고 생각하니 참으로 한심했다. 그날 오후에 만난 전 사장도 순간순간 표정이 어두워졌다. 조직의 책임자로서 사업 진행에 미칠 영향을 생각하면 얼마나 초조했겠는가. 그렇게 하루가 흘렀다.

그런데 어제 아침, 반가운 소식을 접했다. 눈 뜨자마자 권영동 자문관이 뉴스를 알려주었다. 르완다 보건 당국 발표에 따르면, 그 의대생은 검사 결과 에볼라 감염이 아니라 말라리아로 확진되었다고 한다. 잠시 후 코이카로부터 같은 소식이 날아들었다. 그리고 만에 하나 확진 환자가 발생할 경우에 대비해 신속한 전원 철수를 준비하고 있다는 소식도 전해왔다.

## 죽음의 바이러스 소식에 가슴 졸이다

이렇게 해서 상황은 일단 종료되었다. 사실 그동안 한국의 가족과 지인들로부터 수많은 연락을 받았다. 그때마다 안심시키려고 에볼라가 발생한 서

■　아프리카 여러 지역에서 사용하고 있는 공동급수시설.

아프리카와 내가 있는 동아프리카가 지리적으로 얼마나 떨어져있는지 목
청 높여 설명했다. 그리고 일부러 에볼라에 대해서는 애써 무시하며 관련
된 글도 쓰지 않았다.

　그런데 다시 생각해보니 공간적 거리는 중요하지 않았다. 사람이 얼마나
자주 왕래하는지, 항공편 등 교통수단이 얼마나 편리하게 연결되어 있는
지, 그래서 전체적으로 신체 접촉의 빈도가 얼마나 되는지가 가장 중요한
변수인 것이다. 우리나라에 유럽 사람보다는 중국, 일본 사람들이 많이 오
듯, 여기도 같은 아프리카 사람들이 더 많이 올 가능성이 높다. 더구나 르
완다는 국제 원조기구 사람들이 비교적 많은 편이다. 수원 태도(원조를 받아
들이고 효율적으로 이용하는 자세)가 매우 좋다는 평가와 함께 기업하기 좋은
나라 순위에서도 세계 9위(세계경제포럼 2010년 순위)라 외국인도 비교적

자주 드나든다. 요즈음은 국제회의 개최도 늘어, 최근 나이지리아에서 사망한 에볼라 감염자도 라이베리아에서 장례식 참석 후 국제회의를 하러 나이지리아에 왔다가 간호사에게 감염시킨 것으로 밝혀지기도 했다.

처음에 사람을 만나면 반갑게 인사하고, 악수하고, 헤어질 때는 포옹도 하는 것이 좋은데, 어제부터는 심리적으로 위축되어 왠지 쭈뼛거리게 된다. 사람이 많이 모이는 곳을 가지 말라는데, 이런 주의사항은 현실적으로 거의 불가능한 주문이다. 예를 들면 어제도 장을 보았다. 장을 보지 않고 어떻게 밥을 해 먹고 살겠는가. 지난 일요일에는 교회도 갔다. 매일 점심때는 시청 부근 식당에도 가야 한다. '멜랑제'라고 하는 미니 뷔페 형식의 식당은 값도 싸고 보편적이어서 점심시간이면 줄을 설 정도로 붐빈다. 사무실이 입주해있는 건물 엘리베이터를 타면 거의 피부를 맞대고 있어야 한다. 조심이야 하겠지만, 사람과의 접촉을 피할 길이 없다.

그런데 아프리카 사람들은 사정이 더욱 열악하다. 비위생적이고 시설이 부실한 공동화장실과 공동급수시설을 쓰는 빈민촌이 많다. 예를 들어 아프리카 인구 대국인 나이지리아 라고스 시는 인구가 2천만이고, 대부분의 도시 빈민이 몰려 산다. 에볼라 확산에는 정말 취약한 형편이다. 그런 나이지리아에서 감염 사망자가 나오기 시작했으니 당연히 초비상사태이다.

지난 3월부터 창궐하기 시작한 에볼라 바이러스로 현재 1,000명이 넘는 희생자가 발생했다. 이제는 이 죽음의 바이러스가 발생 국가는 물론이고 아프리카 전역과 전 세계까지 위협하는 실정이다. 당연한 말이지만 이럴 때일수록 인류애를 발휘해야 한다. 국경과 인종, 종교를 넘어 전 인류의 지혜와 마음이 모아질 때 이 바이러스를 극복할 수 있다. 하루빨리 안전하고 효과적인 백신이 개발돼 더 큰 희생자가 나오지 않기를 기원한다.

# 고국이 그리운 오늘

2014. 8. 16(토)

토요일 늦은 오후, 창밖에서 새소리가 유난히 크게 들려온다. 어젯밤엔 비 오는 소리가 꽤 소란스럽더니, 오늘은 또 하루 종일 흐리다. 오후 4시인데 밖이 벌써 어두컴컴하다. 보통 9월이나 되어야 시작된다는 우기가 올해는 이상하게도 빨리 왔단다. 우기가 시작되면 서너 달 계속된다고 하니 이제 당분간 맑은 하늘 보기가 쉽지 않을지도 모른다.

휴일을 맞아 가까운 곳에 나들이라도 가볼까 했는데, 여러 가지로 여의치 않아 하루 종일 집에만 있다. 그나마 집에서 40분 정도 걸어가면 테니스장이 있어 1시간 테니스를 쳤다. 이곳에 온 뒤 주말에는 테니스를 치곤 한다. 함께 온 두 분과 한국에서부터 테니스 라켓을 가져오자고 약속했었다. 운동 시설이 마땅치 않은 이곳에서 체력 관리를 어떻게 할까 고민하다가, 짧은 시간을 해도 운동량이 많은 테니스를 함께 치기로 한 것이다. 우리보다 조금 젊은 최정봉 자문관은 완전 초보임에도 운동을 해야 한다는 일념 하에 열심히 뛰어다니고, 동년배인 권영동 자문관은 구력이 있어 나와 랠리가 길게 이어진다. 주말에 이렇게 한두 시간씩 테니스 치는 것이 요즈음 우리의 유일한 낙이다.

사실 요즘 좀 우울하다. 어머니가 낙상을 하셨기 때문이다. 이틀 전 목요일 아침, 서울에서 연락이 왔다. 어머니가 집 안에서 넘어지셨는데 그만 척추 1번 뼈가 부러지셨다는 것이다. 이제 팔순이 3년 남은 어머니는 뇌하수체 종양으로 수술한 뒤 당뇨 합병증으로 오랫동안 고생해오셨는데 그 와중에 골다공증이 생긴 건지 이런 큰일을 당하셨다. 목요일 오전 무렵에는 몹시 당황해서 서울의 가족들과 여러 차례 통화를 했다. 어르신들은 오래 누워있다 보면 결국 건강을 해칠 우려가 높다. 누워있는 시간이 길어지면 다른 장기도 모두 약해지기 때문이다.

지난 번 페루에 있을 때부터는 마음이 많이 약해지셨는지, 6개월 예정으로 나간 것을 알면서도, 전화할 때마다 언제 오느냐고 물으시던 어머니. 그때마다 참으로 난감하고 민망했다. 페루에서 귀국한 뒤 차마 입이 떨어지지 않아, 다시 르완다로 떠난다는 이야기를 내 입으로 드리지 못했다.

어머니는 아픈 중에도 자식 걱정만 하신다. 진통제를 맞아서인지 통증은 많이 가라앉으신 모양인데, 앞으로가 걱정이다. 군대 간 외손자만 빼고 친손녀, 외손녀들이 돌아가며 병원에서 자면서 돌보아준다며 행복하다고 말씀하시는 것으로 보아 마음의 평안은 찾으신 듯하다. 그러나 자식 입장에서는 생각할수록 걱정이다. 가까이서 모셔도 마음이 편치 않을 터인데, 이렇게 멀리 떨어져있으니……. 불효자는 그저 두 손 모아 기도만 드릴 뿐이다.

# 무산제의 사람 사는 냄새

2014. 8. 17(일)

금요일부터 사흘 동안 연휴였다. 이틀간 집에만 있다가 마지막 날은 의기투합하여 지방 구경에 나섰다. 행선지는 북서쪽으로 2시간 반 거리의 무산제를 거쳐, 또다시 1시간 거리에 위치한 콩고로 이어지는 국경 마을 기세니까지로 잡았다.

무산제에는 르완다 농대에 파견된 중장기 자문단원 세 분이 있어, 인사도 드릴 겸 이 경로로 정했다. 그분들이 직접 재배한 채소와 진한 곰국으로 밥상을 차려주어 오랜만에 제대로 된 한국 음식을 먹었다.

오늘은 글이 그림을 이기지 못할 것 같아 내 마음에 담은 르완다의 전원과 사람 사는 모습을 사진으로 정리해보았다.

**위**      무산제로 가는 도중 마을에 선 장에 들렀다. 역시 시골 장터는 활력이 넘친다. 카메라를 들고 인
                파 속으로 들어가니 오히려 우리가 구경거리가 되어버렸다. 팔려고 내놓은 토마토가 붉은 물감
                을 흘려놓은 듯 멋졌다.

**아래**    교회 예배를 따라온 예쁜이. 천사 같은 눈망울과 하얀 드레스가 무척 귀여웠다.

**위**  르완다 사람들은 남녀노소 가릴 것 없이 물건을 머리에 얹어 옮긴다.

**아래**  르완다는 '천 개의 언덕'이라는 별칭이 있을 정도로 산이 많고, 구불구불한 산길 도로가 많다. 자
전거가 오르기엔 언덕이 너무 많고 가파르니, 대부분 이런 모습으로 힘을 절약하며 언덕을 올라
간다. 거의 서커스에 가까운 위험한 광경을 오늘 하루에만 네다섯 번 보았다. 트럭 운전사들은
신경이 꽤나 쓰일 텐데도, 묵묵히 운전만 하고 있다.

**위**  오늘이 홍당무 출하 날인가 보다. 물이 흐르는 마을 공동 작업장에서 세척 작업이 한창이다.
**아래**  홍당무를 쌓아올린 모습이 설치 미술 작품 같다. 이 홍당무 판 돈으로 아이들 옷도 사고, 고기도 사며 행복하게, 넉넉하게 살 수 있으면 얼마나 좋을까.

■  새마을 사업을 했나? 고색창연한 기와를 걷어내고 모두 반짝이는 함석지붕으로 바꾸었다. 어쩐
지 운치가 사라진 것 같아 조금 아쉽지만, 변화가 시작된 나라라는 상징적 의미가 전해져왔다.

# 르완다에서 배우다 1 — 발상의 전환

**2014. 8. 22(금)**

르완다에서 행정 비법을 배운다면 믿겠는가. 마음가짐이나 심성 면이라면 고개를 끄덕일 수도 있겠지만, 아프리카에서 행정 또는 정책 노하우를 한 수 배운다면, 쉽게 믿지 못할 것이다.

나는 어제 오늘 계속 충격에 빠져 지내고 있다. 수목 이틀간은 브리핑을 받았고, 오늘은 현장 세 군데를 방문 취재했다. 그리고 반성하고 있다. 서울시를 운영하며 이런 발상의 전환을 했다면 시민과 민원인들이 지금쯤 얼마나 더 편리한 행정 혜택을 받을까 하는 안타까움 때문이다.

## 종이 없는 행정 처리

나는 지금 키갈리시청 건축 인허가 원스톱센터 사무실에서 현지 공무원들과 근무하고 있다. 우선, 원스톱센터에는 종이가 하나도 없다. 모든 절차가 온라인으로만 처리된다. 원래 건축 인허가에는 각종 도면이 필요하고 수많은 보고서와 평가서가 제출되기 마련이다. 거의 두꺼운 책 수준의 분량이다. 한두 번 수정·보완하다 보면 민원인은 지치게 마련이다. 비용은 또 얼마나 들겠는가. 그런데 여기서는 인허가 신청에서부터 결론이 나는 순간까지 서면 형태의 어떤 절차도 존재하지 않는다. 마지막 순간, 허가가 난 이후에 최종 결과물을 하드 카피로 한 부 작성하여 시청에 제출하면 된다. 프로젝트의 규모나 건축물의 용도, 인허가의 난이도에 관계없이 이 원칙은 지켜진다.

건설 혹은 건축업계 종사자라면 알겠지만, 우리나라에서 이런 일은 꿈같은 이야기이다. 우리의 정보화 수준에 비추어 이런 체계가 충분히 가능함에도 여전히 불필요한 관행을 지속하고 있다. 원스톱 체계를 표방하며 2004년 만든 '세움터'가 있긴 하지만, 여기에 비하니 사실상 원스톱이 아니다. 여전히 종이 도면이 필요하다.

두 번째로, 여기 원스톱센터의 인허가는 30일 내에 끝내는 것을 원칙으로 한다. 2010년 4월에 문을 연 시 단위의 원스톱센터에서 약 40명의 직원이 지금까지 1,000건 정도를 종결 처리했다고 하니, 규모는 우리나라 구청보다도 작을 것이다. 경제 발전 속도로 보아 아직 신축 건물이 많지는 않다는 이야기다. 그러나 중요한 것은 노력이다. 이 원칙을 지키기 위해 직원들은 눈코 뜰 새 없이 바쁘다. 실제로 이 사무실에서 지금까지 지켜보아온 바 직원들은 사무실과 현장을 오가며 정말 열심히 일한다. 민원인들과 사전 자문 회의 등을 하는 모습을 보면 놀랍다. 어떻게든 한 번이라도 더 발걸음 하지 않도록 해주려고 전심전력하는 마음가짐이 느껴진다. 현장에 직접 나가서도 마찬가지다.

## 격식 파괴로 눈부신 발전을 일구다

사실 이런 종류의 원스톱센터는 르완다에 매우 흔하다. 르완다 개발청 (RDB)에도 있고, 심지어는 성폭력예방센터에도 존재한다. 이런 노력과 새로운 시도를 통해 르완다는 믿기 힘든 발전를 이룩했다. 르완다의 국내 총생산(GDP)은 최근 10년간의 고속 성장에 힘입어 제노사이드가 있었던 1994년 7억 5천만 달러에서 2012년에는 71억 달러를 넘어섰다. 이와 함께 2001년 59퍼센트였던 빈곤율은 2011년 45퍼센트로 떨어졌다. 2012년 유엔보고서에 따르면 르완다는 '아프리카에서 치안이 가장 잘 보장되는 나라'다. 세계은행의 2013년 평가에서는 '기업하기 좋은 나라' 8위에 올랐고, 같은 해 미국의 외교 전문지 『포린 폴리시』에 의하면 '세계에서 투자하기 가장 좋은 나라' 5위를 차지했다. 그 결과 실제로 2000년 90억 달러에 머물던 외국인 직접투자는 2013년 800억 달러를 돌파했다.

그런가 하면, 매년 국제투명성기구(TI)에서 전문가, 기업인, 대중이 느끼는 청렴도를 측정하여 발표하는 부패인식지수(CPI) 순위에서 2013년 49위 (53점)를 했다. 참고로 우리나라는 46위(55점)다. 이뿐 아니라 올해 세계은행이 발표한 「국가 정책 및 제도 평가(CPIA) 보고서」에 따르면, 르완다가 사하라 사막 이남 지역의 아프리카 국가 가운데 최근 들어 경제·경영 및 구조정책이 가장 많이 향상된 국가로 평가되었다. 이 보고서는 "르완다가 예산 및 재무관리, 공공행정, 세입 징수 효율성 면에서 엄청난 발전을 했으며, 민간 부문의 투자가 적합하도록 전반적인 개혁을 진행하고 있다."라고 평가했다.

참으로 눈부신 성과다. 물론 일부에서는 그래 봐야 1인당 국민소득 1,000달러 내외의 빈국, 예산의 절반이 국제 원조로 이루어지는 '원조 경

■  원스톱센터 사무실.

제의 나라'라는 평가도 있다. 그럼에도 불구하고 나는 르완다의 무한한 가
능성을 본다. 그 잠재적 가능성의 원리는 이렇다. 유선전화를 쓰는 기간을
거치지 않고 무선전화, 그것도 스마트폰을 쓰는 나라로 바로 건너뛴 것이
다. 이처럼 단계를 건너뛰면 분명 부실한 면도 생기지만, 차근차근 계단을
올라온 사람들은 죽었다 깨어나도 생각을 바꿀 수 없는 일에 대해 아주 쉽
게 발상 자체를 바꾸어버릴 수 있다. 이 '발상의 전환'이 바로 르완다 변화
의 요체다.

　원스톱센터의 장(長)은 30대 초반의 여성 도시계획전문가이며 시장은
시청과 떨어져있는 이 사무실에 한 달에 서너 차례 직접 방문한다. 자연히

직원들의 사기가 올라간다. 우리 기준으로 보면 격식 파괴다. 그것이 살 길이니까. 다른 아프리카 나라들과 달리 석유도, 광물자원도, 어족자원도, 제대로 된 평지조차도 없으니, 남과 똑같이 생각하면 죽는 것이다. 그래서 발상 전환의 혜안을 가진 지도자를 중심으로 뭉쳐 뛰는 것이다.

불과 20년 전까지 집단적으로 죽고 죽이던 두 종족이 기적적으로 화해하고 하나로 뭉쳐 또 다른 기적을 일구어가고 있다.

# 신뢰를 생각하다

**2014. 8. 27(수)**

약속이 지켜지지 않으면 사회가 어떻게 될까? 한 걸음도 앞으로 나아가지 못할 것이다. 선진국의 척도도 바로 이 신뢰다. 대한민국은 요즘 약속이 비교적 잘 지켜지는 사회로 정착해가고 있다. 식사 약속 등에 나가 보면 대개 약속 시간 전에 도착해있는 분이 많다. 어떤 회의도 10분 이상 늦어지지 않는다. 약속 장소에 연락 없이 나타나지 않거나 약속을 갑자기 깨는 일은 매우 드물다. 상대방의 시간에 대한 가치를 소홀히 평가하면 함께하지 못할 사람 취급을 받기 때문이다. 이런 사회 분위기 덕분에 예상하지 못한 손해를 보는 일은 점차 줄고 있다.

그런데 여긴 아주 다르다. 이번 주 내내 당황스러운 일의 연속이다. 우리 일정을 챙겨주는 시장 직속 부루노로부터 지난주에 일정표를 받았는데, 이번 주 초에 키갈리 시의 도로와 상하수도 등 기초 설비에 관한 브리핑이 잡혀있었다. 그런데 월요일부터 오늘까지 사흘간, 오전 8시에서 오후 3시로, 다시 다음 날 오전으로, 또 오후로 사전 통보 없이 미뤄졌다. 이런 일이 있을 때면, 다른 일이 있어서 못 왔다는 담당 부서의 변명을 사후에 들었다.

월요일에는 키갈리 시 휘델 시장과 1시간 정도 회의를 했다. 그는 우리 세 자문관 각자에게 원하는 바를 정리해서 넘겨주었는데 합리적이었지만 매우 포괄적이었다. 특히 내게는 시정 전반에 관한 의견을 달라는 취지였다. '경제, 교육, 에너지, 환경, 여가, 안전, 폐기물, 정보통신기술, 재정, 굿 거버넌스, 건강, 교통, 도시계획, 상하수도, 위생', 이것이 내게 내민 목록이다. 내가 웃으며 답했다. "매우 포괄적이네요. 좋습니다. 힘닿는 데까지 돕지요. 그런데 이걸 다 하려면 부서별 시 행정을 개괄적으로라도 알아야 합니다. 앞으로 한 달간 더 각 부서의 브리핑을 받게 해주세요." 어떤 부문을 자문하더라도 전 부서의 돌아가는 현황을 파악하는 것이 우선이다. 모두 유기적으로 연계되어있기 때문이다.

6개월의 자문 기간은 매우 짧기에 선택과 집중이 필요하다. 그런데 휘델 시장은 아직 나를 어떻게 활용해야 할지 갈피를 잡지 못하는 것 같다. 그 많은 목록을 다 내미는 것으로 보아 마음을 정하지 못한 것이다. 그래서 내가 물었다. "시장님이 지금 제일 중요하게 생각하는 것이 무엇인가요?" 그는 '투자 유치'라고 답했다. 그다음이 '부실한 인프라를 보강하는 것'이라고 했다. 앞으로 그 부분에 초점을 맞추어 각 부서의 일에 자문하면 될 것이다. 한참 대화하다가 이런 질문을 던졌다. "어떤 도시를 만들고 싶은가요?" 그는 '현대적인 도시'라고 대답했다. 솔직하고 꾸밈없는 답변이었다. 그러나 그렇게 소박하게 대답하기엔 사실 키갈리 시가 가진 밑천이 매우 많다.

■ 학자풍의 젊은 휘델 시장은 키갈리 시를 현대화하는 데 온 힘을 쏟고 있다.

대통령은 르완다가 가진 약점을 극복하고 아프리카 허브 도시, 최소한 동아프리카연맹(케냐, 우간다, 탄자니아, 르완다, 부룬디 5개 국으로 이루어진 지역 협력체. 궁극적으로는 연방제 단일 통합국가 창설을 목표로 10년 안에 통합화폐를 사용한다는 협약을 작년에 체결했다. 이미 공동시장 및 관세 동맹 등을 실현 중이다.) 중심 도시를 만들지 못하면 곧 죽는다고 판단하고 사력을 다해 뛰는데, 그에 비해 시장의 꿈은 매우 소박하고 현실적인 셈이다. 하긴, 시장은 생활 행정의 최일선에 있으니 이해할 만하다만 글쎄……. 그날은 추구해야 할 '정신'이 빠졌다는 이야기만 해두었다. 앞으로 그 길을 찾아보자고도 했다. 사실 내 머릿속에는 어느 정도 정리된 생각이 있지만, 좀 더 숙성시킬 필요가 있어서 구체적으로 말하지는 않았다.

어쨌든 시장은 마음이 급한데, 직원들은 전혀 그렇지 않다는 사실을 확인한 며칠이었다. 시장의 뜻이 아직 전달되지 않아서 더 그렇겠지.

## 르완다에 부는 한류

이런 재미있는 경험을 하고 있는 와중에 어제저녁, 매우 아름다운 공연이 열렸다. 우리나라의 자랑, 바이올리니스트 정경화 씨의 연주회가 이곳에서 펼쳐진 것이다. 월드비전을 통해 르완다 산골 마을 무다솜와에 사는 어린이 3명을 무려 15년간 도와온 정경화 씨가 직접 아이들에게 선물도 주고, 이곳 사람들과 우리 교민들, 그리고 외교사절 앞에서 연주회를 했다.

지방에서 고생하는 새마을 봉사단을 비롯 각종 NGO와 코이카 봉사단, 여기 아이들까지 약 350명이 참석한 연주회는 르완다 국민 애창곡인 「나만 탕가라」 연주에 이어진 기립박수의 감동으로 마무리되었다. 여기 와서 이런 연주를 듣게 될 줄은 상상도 못 했다. 봉사단원들의 반응을 한마디로 요약하면 '자랑스럽다.'였다. 예상치 못한 즐거움에 그동안 객지 생활에서 느꼈던 고단함이 다 날아갔다. 작년에는 비보이 댄스 그룹을 초청했다는 황순택 대사의 설명을 듣고 우리 한류가 어디쯤 가고 있는지 실감했다. 재능 기부 중에 예능 기부가 중요한 몫을 하는 이유는 예술이 만국 공통어이기 때문인 것 같다.

그나저나, 나라의 지도자는 마음이 10리 밖을 달리고 있는데, 공무원들의 마음가짐은 동네 어귀를 벗어나지 못하고 있으니 이 나라의 미래가 걱정이다. 워낙 엄중하게 처벌해서 '청렴, 반부패'는 어느 정도 잡아놓았지만, 신뢰의 가치를 이야기하기에는 아직 갈 길이 멀어 보인다. 로마에 와서 로마법에 따르자니 억장이 무너진다. 개도국 자문 업무 제1수칙, '인내심'을 여기 와서 제대로 배양하고 있다.

# 르완다에서 배우다 2 — 우무간다

**2014. 8. 30(토)**

오늘은 '우무간다(Umuganda)' 날이다. 르완다에서는 매월 마지막 토요일 오전, 마을 주민이 다함께 모여 지역사회를 위한 공동 작업을 한다. 보통 오전 8시부터 11시까지인데, 2시간 정도 일하고 나머지는 평가회를 하거나 필요한 교육을 한다.

우무간다는 벨기에 식민지 시대부터 계속되어온 전통이 법제화된 것인데, 이날만큼은 지위고하를 막론하고 지역사회 구성원이 모두 모여 마을 현안을 함께 해결함과 동시에 서로 소통하는 기회로 삼는다. 이 시간만큼은 각자의 생업을 접고 지역 현안을 함께 나눈다니, 화합과 공동체 의식 함양이라는 정신적 가치가 참으로 크다. 제노사이드 이후 남겨진 종족 간의 적개심과 죄책감을 극복하려는 여러 가지 눈물겨운 노력 중 하나이기도 할 것이다.

■ 부부가 함께 골목길의 화단을 손질하고 있었다. 표정이 밝아서 전혀 강제적이라는 느낌이 들지 않았다.


오늘 오전 9시 반쯤 길거리에 나갔다 목격한 광경은 정말 이색적이고 충격적이었다. 훤한 대낮에 차가 한 대도 없는 거리는 기괴하기까지 했다. 우무간다날에는 꼭 필요한 차량 외에는 이동이 금지된다고 했는데, 이렇게 잘 지켜질 줄은 몰랐다.

큰 길을 벗어나 주택가로 들어가보았다. 가족 단위로 골목 화단을 가꾸는 부부를 발견하고 우무간다에 참여 중인지 묻자, 자랑스럽게 그렇다고 답했다. 이들은 무척 즐겁게 일하고 있는듯 보였다.

이 동네 저 동네 다니며 좀 더 취재를 해보고 싶었으나, 아직 차도 마련하지 못했고 어차피 차량 이동도 금지되어있다고 하니 불가능한 욕심이었다.

고심 끝에 집으로 돌아와 지방에 계신 분들에게 도움을 요청했다. 무심바 마을의 정종렬 새마을 봉사단 팀장, 키가라마의 이재구 새마을 봉사단 선배, 무산제의 르완다 농대에 계신 최남희 중장기자문단 선배에게 우무간다의 모습을 담은 사진을 부탁했다. 그러자 두어 시간 뒤부터 이메일이 도착하기 시작했다. 기호궤 마을의 김만숙 팀장과 무산제 산골의 정순아 단원은 인터넷 사정이 좋지 않아 사진을 보내오지 못했다. 여기 이 곳 르완다에서 두세 시간 안에 이메일로 사진이 도착한 사실은 생각할수록 흥미롭고 신기하다. 에볼라가 창궐하는 아프리카 대륙의 한복판에서 우리 정보통신기술의 수출로 이런 일이 가능해졌다니 정말 의미 있고 감동적이지 않은가.

도착한 사진을 보니 한마음으로 협업하고 있는 사람들이 불과 20년 전 서로 가족을 죽이고 또 살해당한 원한 맺힌 사이라는 사실이 믿기지 않는다. 눈앞에서 부모를 죽인 자 또는 그 자식들과 함께 일하고 싶을까. 나는 여기에 와서 용서와 화해, 그리고 화합과 공존의 기적을 매일 목도하며 그 비결이 무엇일까 생각하며 지낸다. 이 사람들의 마음속에 과연 한줌의 증오도 남아있지 않을까 하는 의구심이 떠나지 않았다. 속은 어떨지 몰라도 적어도 환히 웃는 얼굴 속에서 그런 마음을 찾아보기는 힘들었다.

르완다는 대단한 리더십에 현명한 팔로십을 지닌 나라다. 이 나라에는 증오를 부추기는 자가 없다. 그것이 비집고 들어설 틈조차 주지 않으려 사력을 다하는 지도자만 있을 뿐이다. 피해자와 가해자는 서로를 볼 때마다 그날이 생각나겠지만, 애써 떠오르는 나쁜 기억을 지우고 함께 손잡고 살아가는 것이 훨씬 현명하다는 사실을 체화한 이들. 매일매일이 배움이다.

위　　부녀회에서 키친가든을 조성 중이다.

아래　함께 벼를 수확하는 모습. 모두 밝은 표정으로 일하는 모습에서 증오의 감정은 찾아보기 힘들다.

# 신발 찾아 3만 리

2014. 9. 4(목)

르완다에 머무는 동안 우리 자문관들의 능력이 닿는 대로 아이들에게 신발을 나누어 주는 계획을 추진 중이다. 이미 키갈리 시청 측과 지원 대상을 마을단위로 할지 학교단위로 할지 의논을 시작했다.

르완다에 도착한 후 신발 없는 아이들과 참으로 많이 마주쳤다. 이런 모습은 지방으로 갈수록 심하고, 시 외곽만 나가도 흔히 볼 수 있다. 맨발로 다니다가 다친 녀석을 본 이후로 마음이 급해져 2주 전부터는 마트로, 시장으로 다니며 가격을 알아보고 물량을 확보할 수 있는지도 확인했다.

그런데 대량으로 사겠다고 해도 10퍼센트 이상 할인이 안 된다고 했다. 우리 상식으로는 400켤레를 사면서, 2주에 한 번씩 6개월간 2,000~3,000켤레를 사겠다고 제안하면 적어도 20~30퍼센트는 깎아주겠다고 나서야 정상 아닌가. 보통 사업 마인드로는 사장이 적극적으로 가격 협상을 제안해

■ 요즘 길을 지나가다가도 신발만 보이면 발걸음을 멈춘다. 2주 전 교회 가는 길에 눈에 띈 우간다
산 신발이다.

야 할 상황이다. 그런데 여기는 사정이 전혀 다르다. 먼저 이런 대량 거래
를 제안하고 얼마나 할인되느냐고 물으면 보통 매장 직원은 자신 없는 표
정으로 3퍼센트 정도라고 답한다. 재량권이 없는 직원이라 그런가 싶어 매
니저나 사장을 보자고 해도 이조차 쉽지 않다.

T-2000이라는 중국계 매장에서 매니저와 이야기하고 싶다고 하자 1시
간 뒤에 오라고 하더니, 결국 그 시간에 매니저는 나타나지도 않고 매장 직
원을 시켜 5퍼센트까지 할인해주겠다는 말을 전해왔다. 장사를 하겠다는
것인지 말겠다는 것인지. 다른 매장에서도 상황은 비슷했다. 두 번째 찾아
갔을 때 겨우 매니저를 만났는데, 대폭 할인은 어림없다고 했다. 그나마 물

량이 부족하니 주문하고 기다리면 중국에서 수입해주겠는데 계약금도 내야 하고 빨라야 2개월 뒤에 받을 수 있다며 무심하게 답했다. 당장 이번 달에 나누어달라는 요청이 들어온 상황인데, 빨라야 2개월이라니. 결국 포기할 수밖에 없었다. 그들에게서 물량을 확보하고 있는 도매상이라도 찾아내 어떻게든 거래를 성사시키려는 마음가짐은 찾아볼 수 없었다. 자본주의 시장 마인드가 갖추어져있지 않은 사람들과 거래하려니 별나라에 와있는 기분이다.

그러나 이런 어려움에도 불구하고 아프리카산 물건을 구매해야 하는 이유는 해당 국가의 제품을 사서 도와주는 것이 바람직하다는 현물 원조의 원칙 때문이다. 원조 전문가들은 지난 50년간 아프리카에 2조 달러가 넘는 원조가 퍼부어졌는데도 계속해서 기아와 가난이 심해지는 원인을 서구 국가들의 잘못된 원조 행태에서 찾고 있다. 그중 가장 대표적인 문제가 자신의 나라에서 생산된 제품을 사다 도와주는 것이다.

### 난감한 현물 원조 현장

『죽은 원조』의 저자인 경제 컨설턴트 담비사 모요는 모기장을 예로 들어 설명한다. 매년 80만 명의 인류가 말라리아로 죽어가고, 그중 상당수가 아프리카인이므로 모기장 보급은 아프리카에 꼭 필요한 원조 사업 중 하나다. 그런데 문제는 이로 인해 아프리카의 모기장 생산업체가 모두 망했다는 것이다. 현지에 와서 구매하지 않고 자국 제품을 보내오면 그중 일부가 시장으로 흘러들기도 하기 때문이다. 이렇게 되면 기술력이나 가격 면에서 경쟁력이 떨어지는 아프리카 업체는 망하는 것이 당연하다.

이런 사정과 경제 원리를 잘 알고 있기에 아프리카 국가가 생산한 제품을 사려고 알아보기 시작했는데, 문제는 제품의 질에 있었다. 가격은 중국산의 절반 정도인데, 질도 딱 그만큼 낮았다. 기왕 사 주는 것, 좋은 것을 주고 싶은 게 우리네 정서인데 참 마음이 아프다. 그러나 그것도 자기만족일 뿐이므로 눈 딱 감고 아프리카산을 사기로 결심했다. 예쁘고 질 좋은 신발을 주면, 교회 갈 때만 신기고 방 안에 모셔놓는 부모들이 많아서 오히려 흔히 신는 신발을 주는 것이 낫다는 현지인과 봉사단원들의 충고도 한몫했다.

결국 코이카 현지인 직원 자두의 도움을 받아 시장에 찾아갔다. 시청 부근 시장에서는 도매상을 찾지 못해 성과가 없었다. 두 번째 시도에서 자두가 접촉한 냐부고고 시장 상인 아주머니를 만났다. 그녀는 자신이 우간다 제품 수입업자라고 주장했다. 그런데 일곱 종류의 신발을 골라놓고 각 종류별로 50내지 100켤레를 주문하자 제대로 계산도 하지 못했다. 수입업자라는 주장을 믿어야 할지 의심이 갔지만, 물량 확보는 걱정하지 말라니 일단 믿어볼 수밖에.

그런데 역시나 사고가 터졌다. 이런 미심적은 거래는 하지 말아야 하는 건데. 지난 월요일에 만나고 온 뒤 고민 끝에 수요일에 자두를 통해 400켤레를 주문하며 물량을 확보할 수 있는지, 다음 주문도 감당할 자신이 있는지 다시 한 번 확인했다. 몇 번을 물어도 자신 있다고 해서 믿고 금요일까지 찾으러가겠다고 했다. 9월 중에 꼭 받고 싶다는 두 봉사단원에게는 다음 주 초에 신발을 가지고 방문하겠다고 전화했다. 다음 주 월요일에는 키붕고에 시니어 봉사단으로 온 최광덕 선생의 요청대로 225명의 아이들에게, 수요일에는 무산제 마을 정순아 새마을 봉사단 팀장이 부탁한 150명의 학생들에게 신발을 전달하기로 날을 잡은 것이다. 신발 값을 내려고 은행에서 달러를 찾아 르완다프랑으로 환전까지 해두었다.

그런데 오늘 오후 자두에게 전화가 왔다. 업자가 내일까지 물량을 못 맞추겠다고 한단다. 시간을 더 주겠다고 해도 못 하겠다고 한다니 이런 낭패가 있는가? 키붕고의 최광덕 선생에게는 사정을 말하고 양해를 구했는데, 무산제의 정순아 팀장에게는 아직 전화를 못 했다. 9월 10일 이곳 아이들에게 속옷과 새 옷을 입히는 행사를 마련해놓고 신발까지는 구하기 힘들 것 같아 포기하고 있다가, 마침 지난 비상소집 때 내 제안을 듣고 무척 기뻐하며 도움을 요청해왔던 정순아 팀장. 이런 사연을 잘 알고 있는 나로서는 차마 제 날짜에 맞추기가 힘들 수도 있다는 연락을 못 하겠다. 별 수 없이 중국산이라도 알아보아야 할 참이다. 내일은 출근해서 모든 일을 제쳐놓고 중국 마트를 다시 돌아야 할까 보다.

## 아직은 부족한 시장 경제의 개념

원래 오늘 저녁은 이곳 시장과 저녁식사 약속이 있었는데, 이것도 오후에 갑자기 연기 통보를 받았다. 시장은 100만 명을 위해 일하는 분이니, 급한 일이 생기면 당연히 그쪽으로 가야겠지. 밥이야 나중에 먹어도 되니까. 이쯤은 이해하고 넘어갈 수 있다.

저녁을 집에서 해 먹게 되었으니 퇴근길에 마트에 들러 장을 보았다. 집에 고기가 떨어진 것이 생각나 소고기를 좀 사려 했다. 이곳에서 파는 고기는 대부분 질겨 주로 잘게 썰거나 갈아놓은 것을 사다 먹는다. 마침 정육부 직원이 고기를 잘게 썰고 있어 1킬로그램을 주문했더니 식품부에서 쓸 것이라 팔지 않는다고 한다. 그리고 덩어리 고기를 가져가라고 권하며 멀리 다른 곳을 가리켰다. 덩어리를 가져다 잘게 썰어달라고 부탁하니 바쁘다며 거절했다. 외국인들이 많이 찾는 제법 격이 갖추어진 마트에서조차 이러

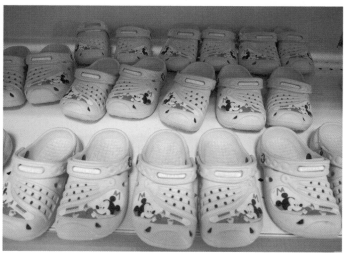

**위** 냐부고고 시장에서 팔리고 있는 우간다산 '보다보다' 신발. 이곳 아이들이 가장 즐겨 신는 플라스틱 신발이다.

**아래** 심바마트에서 중국산 신발을 발견했다. 아이들과의 약속을 지키려면 이 신발이라도 사야 할 텐데 이마저 수량이 부족하고, 이것과 시장 물건을 섞어놓으면 아이들 사이에 싸움이 날 테고……, 난감한 상황이다.

니……, 허 참!

국내 유력일간지에는 요즘 르완다의 급격한 경제 성장과 잠재력의 비결에 대한 기사가 시리즈로 실리고 있다. 국가 경쟁력 순위도 아프리카에서 가장 높은 편이다. 척박한 토양에서 1명의 탁월한 지도자가 이끌어낸 성과물이므로 더욱 돋보인다. 그러나 한편 걱정도 된다. 리더십을 바꾸는 것만으로는 한계가 있지 않을까 하는 생각 때문이다. 아프리카 저변에 신용과 서비스를 중시하는 시장 경제가 뿌리 내리기에는 아직 갈 길이 멀어 보인다. 기왕 도와주러 왔으니 최선을 다해야겠다. 진심으로 르완다가 잘되면 좋겠다.

# 함께하는 따뜻함

2014. 9. 6(토)~7(일)

금요일 오후 늦게 차가 나왔다. 앞으로 우리 세 자문관은 이 렌트카로 출퇴근하게 된다. 렌트를 요청하고 중고차 부품 조달 사정상 3주 가까이 기다린 끝에 드디어 차가 나온 것이다. 2003년식 주행거리 12만 마일의 깨끗한 소나타를 1개월 빌리는 비용은 650달러. 3명이 나누어 내면 1인당 22만 원 꼴이다. 출퇴근뿐 아니라, 앞으로 몇 백 켤레씩 신발을 사서 나누어주려면 지방행이 잦을 텐데 차가 없으면 힘들 것 같아 렌트를 결심했다. 차가 나온 기념으로 토요일에 르완다 남단에 위치한 부타레('후예'로 개명)에 다녀왔다. 편도 2시간 반 거리에 있는 르완다의 구 수도인데, 목적은 케이티와 우리나라가 여기에 지어준 학교 두 군데를 견학하고 모종의 구상을 가다듬는 것이다. 날씨가 꾸물거려서 망설이다 출발했는데, 비가 오락가락하기는 했으나 큰비는 없었다.

■  요 꼬마 녀석이 내 콧잔등을 시큰하게 만들었다. 나를 보더니 다짜고짜 달려와서 안기는 게 아닌
    가! 보통 여기 아이들은 우리를 보면 뒤를 졸졸 따라오다가 사진을 찍으려 하면 뒷걸음질 치며
    어색해하는데, 이 녀석은 붙임성이 아주 좋다. 그 모습이 무척 귀여워서 꼭 안아주었더니 금방 친
    해졌다.

■ 30여 분 더 가니 무항가의 제노사이드 희생자 묘역이 나타났다. 당시 다친 투치족이 병원에서 치료를 받고 있는데, 여기까지 가해자들이 난입해 환자들을 모두 학살했다고 한다. 조금 더 가다 보니 길가에 죄수들이 축대 개축 공사현장에 투입되어있었는데, 제노사이드 가해자들이란다. 방금 전 보고 온 희생자 묘역과 묘한 대조를 이루는 장면이었다.

**위**     3년 전 우리 정부가 후예 소재 르완다 국립 대학교 내의 정보통신기술센터를 무상원조로 지어주
       었단다. 그런데, 지금의 상태는…… 맙소사! 비가 오면 지붕에서 물이 세고, 화장실엔 물이 흘
       러나오고, 건물 외관도 3년 된 것이라고는 믿기지 않을 정도로 낡았다. 시공뿐 아니라 사후 관리
       도 필요할 듯하다.

**아래**    후예에는 르완다에서 제일 큰 성당이 있다. 이 나라를 식민 지배했던 벨기에의 여왕이 선물했다
       는 설명이 붙어있는데, 과연 '선물'이라는 표현이 적절할까?

오늘은 내가 요리사!

## 따뜻한 추석

오늘은 교회에서 추석 기분을 마음껏 냈다. 이곳 교회는 절반 이상이 봉사하러 온 젊은이들이므로 여느 교회보다도 활기가 넘친다. 그래서 권영동, 최정봉 자문관님들과 의논을 했다. 청년들 숫자만 해도 많은데, 빈손으로 가서 먹지만 말고 우리도 음식을 한 가지 해가자는 것. 무엇을 만들지 의논 끝에 내린 결론은 '김치 감자전'이다. 얼마 전 한 번 만들어본 경험이 있어 금방 끝날 줄 알았지만, 생각보다 오래 걸려 가까스로 예배 시간에 맞추어 갈 수 있었다.

누군가와 함께 식사를 한다는 것이 얼마나 즐거운 일인지 이곳에 와 새삼 느낀다. 덕분에 외롭지 않은 추석 명절을 보냈다.

■ 이날 구운 김치감자전이 대략 100여 개 정도. 요리에도 점점 자신이 생긴다.

# 신발 하나에 웃고 울고

2014. 9. 8(월)

한국은 추석이지만, 여기는 평일이다. 저녁에 코이카 단원들과 추석 모임이 있어 조금 일찍 퇴근했지만, 그전에는 신발을 구경하느라 바빴다. 정순아 팀장과 약속한 날짜가 수요일인데, 오늘 중으로 구해놓지 못하면 내일은 초조할 것 같아 자두에게 며칠째 독촉해둔 상태였다.

오늘 아침 출근하자마자 자두에게 전화했더니 도매상을 구해놓았다는 기쁜 소식을 전해주었다. 등잔 밑이 어둡다고 시청에서 걸어서 5분 거리의 시장통 골목길에 아주 허름한 신발 가게가 있었다. 도저히 도매상 같지 않아 가격을 어느 정도 흥정해놓은 뒤 창고를 보자고 했다. 가게 바로 뒷골목에 있는 창고 문을 열자, 이게 웬일인가. 거기에는 수십 개의 마대 자루가 널려있고 역한 플라스틱 냄새가 감당할 수 없을 정도로 강하게 풍겨왔다. 수량을 확인하느라 10여 분 있었더니 골치가 아플 만큼 냄새가 지독했지

■ 드디어 창고에서 신발을 실어 나른다. 부피가 많이 나가 코이카의 차량을 긴급 지원받았다.

만, 그 냄새마저도 그렇게 향긋할 수가 없었다. 드디어 찾고 찾던 물량을 확보했다는 생각에 날아갈 듯 기뻤다. 내가 딱 찾던 물건이었다. 신발이 전부 슬리퍼라서 어리둥절할 수도 있겠지만, 이것이 진짜 필요한 물건이다. 우리 기준에는 발뒤꿈치를 감싸는 형태가 더 편하고 좋은 신발 같지만, 중학생이면 벌써 어른 발 크기만큼 자라는 이곳 아이들은 발이 워낙 빨리 커서 신발을 금방 못 신게 된단다. 그뿐 아니라 신발이 아까워 특별한 날만 신기기 때문에 차라리 보통 친구들이 신는 평범한 물건이 제일 도움이 된단다.

여러 사이즈가 골고루 들어있는 120켤레들이 마대 자루 다섯 포대를 매입해 600개를 확보했다. 다행히 내일모레 무산제 행사에 맞추어 무사히 가지고 갈 수 있게 되었다. 비용은 신발 신기기 프로그램의 취지에 의기투합한 권영동 자문관과 절반씩 부담했다. 600켤레를 우리 집 발코니에 쌓아놓으니 뿌듯했다. 잠시 후 이 일을 축하해주듯 무지개가 떴다.

### 기쁘고도 서글픈 날

키갈리에서 북서쪽으로 2시간 반 거리에 있는 무산제의 키타부라 초등학교에 신발 170켤레와 축구공, 배구공 등을 전달하고 왔다. 갈 때는 소풍 가는 아이처럼 즐거웠지만, 돌아올 때는 마음이 무겁고 서글프기까지 했다. 일단 수량이 턱도 없이 부족했기 때문이다. 학생은 700명이 넘는데, 정순아 팀장은 우리 사정을 생각해서 꼭 필요한 물량만 요청한 것이었다. 가정형편상 학교에 다니지 못하거나 자퇴한 아이들을 주로 챙기기 위해서였다는 사연을 듣고 그곳 학생들을 마주하니 마음이 아렸다.

더구나 그 동네에 들어서서 비포장도로를 지나며 많이 놀랐다. 화산재와 용암으로 이루어진 마을의 토질상 통학로에도 날카로운 돌들이 널려있었다. 어른들도 신발 없이 걷기 힘든 길을 맨발의 아이들이 지나고 있었다. 그래서 그런지 이 마을에는 비교적 신발 없이 다니는 아이들 숫자가 적은 편이기는 했다. 돌아오는 길에 혹시 바퀴가 펑크라도 나지 않을까 걱정될 정도로 날카로운 돌밭 길을 20여 분 동안 덜커덩덜커덩 달리며 만감이 교차했다. 내가 하는 이 일이 오지에서 고생하는 봉사단원들의 면을 세워주는 정도 이상의 의미는 없을 거라는 데 생각이 미치자, 무력감과 피로가 한꺼번에 밀려왔다. 공간이 작은 승용차 트렁크에는 신발을 200켤레 이상 싣기도 힘드니 앞으로 어떻게 해야 할지 방안을 모색해보아야 할 것 같다.

어쨌거나 오늘 정순아 팀장의 행사 진행 솜씨를 보며 꽤나 놀랐고 또 배운 점이 많다. 수백 명의 아이들과 동네 주민들이 무질서하게 구호품에 욕심을 내는데도 전혀 당황하지 않고 차근차근 행사를 진행하는 모습에 혹시 전직 교사가 아니었을까 짐작했는데, 알고 보니 역시 그랬다. 30여 년을 중학교 미술교사로 일하다가 퇴직 후 이곳 봉사단원으로 왔단다. 올해로 나이가 예순넷인데도, 힘이 펄펄 넘쳤다. 행사도 짜임새 있었다.

오늘은 이른바 100프랑 데이! 모든 물건을 단돈 150원에 파는 것이다. 그런데 그 물건의 가치는 몇 만 원에서 몇 천 원에 이르는 새 제품들이다. 가방과 의류, 각종 문방구와 공 등의 놀이기구, 수건과 내의, 신발 등 500여 점에 달하는 물건들을 사실상 학생과 교사, 동네 주민들에게 나누어주는 날이다. 이 물건들은 우리나라 지인들의 도움으로 마련했단다.

그런데 무상으로 나누어주면 가치도 모를 뿐더러 무질서하게 다툼이 일어나기 때문에 작년의 시행착오를 거울 삼아 시스템을 정비했단다. 이 물건들이 진열된 미술실에 들어올 수 있는 학생들은 총 700명 중 1년간 개근

한 200명뿐. 이들에게 미리 표를 주고 10명씩 순서대로 입장하여 마음에
드는 물건들을 고르게 한다. 물건을 고르는 모습을 1시간 정도 지켜보며
마음이 아팠다.

정 팀장은 이외에도 염소 두 마리를 사서 학생들에게 나누어주고 키우게
한 뒤 새끼를 낳을 때마다 학비에 보태 쓰게 하는 프로그램도 진행하고 있
었다. 그냥 주는 것이 아니라, 본인의 노력이 들어가도록 하는 깊은 뜻이
담긴 것이다. 내일은 직접 만든 옷 150벌을 깨끗하게 씻고 온 학생들에게
입히고 행진시키는 '깨끗한 옷 입기 캠페인'도 한다. 사실 여기 아이들 대
부분은 언제 빤 것인지 모를 정도로 옷이 더럽다. 한번 안을 때마다 혹시
이나 벼룩이 옮을까 봐 걱정되고, 또 실제로 옮는다. 내 왼손등 위엔 권 자
문관이 잡아주려다가 놓친 벼룩에 물린 상처가 있는데 거기에서 사흘째 진
물이 흐른다. 바로 이런 위생 교육을 겸한 행사인 듯하다. 우리가 배달한
슬리퍼는 내일 행사에 쓴단다. 고학년이 되면 집에서 일을 시키기 위해 학
교에 보내지 않는 경우가 많아 제대로 졸업하는 학생이 절반밖에 되지 않
는다는데, 이 아이들도 내일 신발을 받게 될 것이다.

"정순아 팀장님! 내일 행사도 성공적으로 진행되길 빕니다. 그리고 존경
합니다!"

■ 첫 번째 사진은 정순아 팀장. 두 번째 사진의 정지은, 백승희, 이은진 씨는 모두 무산제 인근 간 호사 봉사단원이다. 밀려드는 아이들 때문에 오늘 많이 힘들었을 것이다. 세 번째 사진은 역시 고생하고 있는 코이카 봉사단원 백종현(건축), 김바울(컴퓨터교육) 군. 질서 유지에 여념이 없 었다. 뒤 창문에 비치는 그림자는 아이들이다. 들어오고 싶기도 하고 궁금하기도 해서 행사 내 내 두어 시간을 저렇게 매달려있었다.

위    학생들이 질서 있게 물건을 고르는 모습이 어른스럽다.

아래    학교 선생님들이 가방을 고르고 좋아한다. 여기는 독특하게도 선생님들이 의사와 똑같은 옷을
입는다.

**위**    밖에서 기다리는 학생들이 인내심을 잃고 점점 무질서해지자 정 팀장이 질서를 잡고 있다. 한번 밖으로 나가는 게 엄두가 나지 않을 정도였다.

**아래**    운동장에서 축구하는 아이들에게 공을 한번 들어보라고 했다. 어떻게 만들었는지 제법 쓸모가 있었다. 이 아이들이 내일 새 축구공 세 개, 배구공 세 개와 각종 놀이공을 받는다. 이 공들은 최 정봉 자문관이 준비했고, 앞으로도 공은 최 자문관이 맡기로 했다.

■    정 팀장이 내일 나누어줄 공과 신발을 보여주자 우루루 몰려드는 아이들.

# 세상에서 제일 예쁜 아이들

2014. 9. 12(토)

가슴이 벅차올라 먹먹해지는 시를 들어본 적이 있는가. 나도 모르게 뛰어나가 함께 어울려 춤추고 싶었던 기억은? 노래를 들으며 가슴과 눈가에 이슬이 맺혀 아이들을 꼭 안아주고 싶은 적이 있었는가.

어제 역시 키붕고로 가는 길은 행복하고 고마웠고, 오는 길은 미안하고 막막했다. 앙뚜아네뜨 교장 수녀님은 정성을 다해 우리 일행을 맞아주었다. 우리를 소개했던 최광덕 선생이 당황할 정도로 노래와 시, 춤을 준비한 교사들 덕분에, 그리고 아이들의 천사와 같은 재롱에 마치 구름 위를 걷듯 즐거우면서도 한편으로는 미안했다.

이 빈약하고 보잘것없는 선물 몇 개에 정성을 다하는 마음을 보며, 고마움과 미안함이 수시로 교차했다. 정성껏 준비한 카스텔라 한쪽에 커피 한 잔을 마시며, 이곳에 제일 필요한 게 무엇인지 물어보았다.

■　과분하게도 꽃으로 환영을 받았다.


"화장실과 도서관, 복사기, 급식 시설, 교복……."

미안하고 쑥스러운 표정으로 조심조심 나열하는 수녀님의 검은 얼굴은 수줍음에 홍조로 가득 차 있었다.

어쩐지 돌아오는 발걸음이 무거웠다. 막막하고 미안했다. 오래도록 잠들지 못했던 밤…….

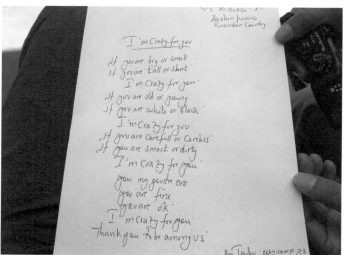

위    마음을 다해 시를 낭송하는 아이들.

아래   마음을 뒤흔든 시 한 편, 「I'm crazy for you!」를 소개한다. 'Thank you to be among us' 부
      분에서 그만 울음이 터졌다.

■    아프리카 전통 춤을 추는 아이들. 정말 춤을 즐기고 있었다. 손놀림을 눈여겨 보시길!

# 냐마가베 지역과 제노사이드 박물관

**2014. 9. 25(목)**

아침 일찍 서둘러 출발해 냐마가베의 '가샤르 마을'을 다녀왔다. 냐마가베는 새마을 사업지 네 곳 중에 키갈리에서 가장 멀리 떨어져있고, 가장 가난하다는 지역이다. 우리 차량 형편상 120켤레들이 두 팩, 240켤레가 최대 용량인데, 마침 어제 냐마가베의 새마을 업무용 트럭이 키갈리에 올 일이 있다고 해서 그 편에 600켤레를 미리 실어 보냈다. 그리고 오늘 초등학생용 노트 300권과 볼펜과 연필 각각 150자루를 싣고 출발한 것이다. 다녀오는 길에 냐마가베의 '무림비 제노사이드 박물관'에 들러 큰 충격을 받았다. 오늘 하루 역시 사진으로 정리해본다.

■ 출발 3시간 만에 도착하여 새마을 4기 임정남 팀장(교사, 벼농사 등 수익 사업)과 이영수(식품
영양학 전공, 부녀회와 공판장 사업), 유부재(회계 전공, 양돈사업), 김다휜(교육학, 사회교육
전담) 봉사단원, 마을 이장님 등과 함께 티타임을 가졌다.

**위**    지방으로 내려가는 길에서는 소 먹이로 쓸 고구마 줄기와 잎사귀를 챙겨 머리에 이고 나르는 여자아이들을 많이 볼 수 있다.

**아래**    정말 가난한 동네였는데 진흙으로 지어진 벽의 색이 무척 인상적이었다.

위    동네 개구쟁이들이 다 모였다. 우리가 동네에 들어설 때 노래와 춤으로 환영하더니, 곧 재롱을 부려 덕분에 시간 가는 줄 몰랐다. 동네 어귀에 내려서 걸어 들어가며 마을을 구경하고 있는데, 아이들이 몰려와 노래를 하며 춤을 추기에 누가 시킨 줄 알았더니, 손님이 오면 가끔 그렇게 한단다. 감동이 몰려왔다. 그 예쁜 모습을 찍으려 하자 순식간에 흩어져 버려 사진으로 남기지는 못했다.

아래    스마트폰에 찍힌 자기들 모습에 무척 좋아하는 아이들.

위  잠시 트럭을 타고 바로 옆 라로 마을로 이동하여 우리 정부가 만들어준 양돈과 양잠하는 곳을 둘러보았다. 소득 증대 사업으로 톡톡히 기여해야 할 텐데.

아래  여기는 언덕이 많다. 무게가 나가는 짐은 거의 자전거를 이용해 옮기는데 리어카를 도입하면 좋지 않을까.

■  돌아오는 길에 무림비 제노사이드 박물관을 방문했다. 원래 기술학교로 지어지던 중 제노사이드
때 투치족이 집단으로 피신했다가 하루 만에 5만 명이 학살당한 곳이다. 잠시 후 도저히 설명하
기가 쉽지 않은 장면이 눈앞에 펼쳐졌다. 백골들이 당시의 교실인지, 기숙사인지 모를 방마다 가
득했다. 석회로 방부 처리된 그 수많은 사람 형상의 백골들에서 당시의 기억을 절대 잊지 않겠다
는 강력한 의지가 느껴졌다.

■ 돌아오는 길에 밭에서 열심히 일하는 모자를 보았는데 그 장면이 무척 아름다워 카메라에 담았
  다. 정직한 땅을 사랑하는, 성실하고 선량한 사람들이 무엇인가에 홀린 듯 서로를 죽이고……,
  상처를 안고 살아간다.

■    많은 것을 느낀 오늘 하루. 모든 사연을 안고 아프리카의 해가 노을 속으로 떨어진다.

# 르완다에서 배우다 3 ─ 가차차

2014. 9. 30(화)

이 세상에서 가장 힘든 일은 아마 원수를 용서하는 것일 것이다. 나에게 못된 짓을 한 자를 진심으로 용서하는 것은 불가능에 가깝다. 사랑까지 하면 정말 바람직하겠지만, 원수를 용서하고 화해하는 정도에 이르기 위해서도 처절한 노력과 극기가 필요하다.

　내가 르완다행을 결심하며 조금의 망설임도 없었던 이유는 이 땅이 화해의 기운이 서린 몇 안 되는 대표적인 나라이기 때문이다. 전국적으로 타 종족을 멸절시키겠다는 목표 하에 100일 만에 80만 명 이상을 잔인하게 죽이고 10만 명 이상을 강간해서 에이즈를 옮기는 만행을 저지른 제노사이드! 불과 20년 전의 일이기에 지금도 거리에서 당시의 후유증으로 얻은 심신의 상처를 간직한 채 살아가는 사람들을 자주 볼 수 있다. 개인과 개인 간의 진심 어린 화해도 결코 쉽지 않은데, 제노사이드 후에 완전히 쑥대밭

이 되어 무너져버린 국가를 다시 일으켜 세우겠다고 나선 이 정부의 눈물 겨운 노력이 과연 알려진 만큼 실효를 거두고 있는지 무척 궁금하고 연구 해보고 싶었다.

어쩌면 원수가 눈앞에 보이지 않는다면 세월의 흐름과 함께 잊혀지고 용서가 가능할지 모른다. 그러나 이 나라는 특이하게도 두 종족이 한 마을에 어우러져 살아간다. 지방에 갈 때마다 이 점을 꼭 확인하는데, 분명 같은 종족끼리만 따로 살지 않는다. '마체테'라고 하는 투박하고 긴 정글 칼을 휘둘러 내 부모, 형제를 눈앞에서 살해하고 다치게 한 이웃과 한 마을에서 사는 것이다. 이렇게 상식적으로 도저히 이해할 수 없는 경지의 화해를 현실화했다는 평가가 과연 사실인지, 그리고 일정 부분 사실이라면 그 배경과 비결은 과연 무엇인지 연구하는 것은 단지 궁금증이나 호기심 때문이 아니다.

우리에게는 통일이라는 절실한 국가적 과업이 눈앞에 있다. 지역적으로는 동서 화합, 계층적으로는 국민 통합이라는 절실한 과제도 엄중하다. 이뿐 아니라 대한민국은 지금 이념과 이상을 달리하는 사람들끼리 증오하며 대립하는 사회로 치닫고 있다. 그리고 이것을 부추기고 정치적으로 이용하는 세력도 있다. 많은 국민이 그 증오와 비타협적 정치에 몸서리친다. 이곳에서 그동안 국민 화합을 위해 르완다 정부가 노력한 점들을 살펴보고 느낀 점이 참으로 많다.

## 가차차 마을 재판

'가차차'는 마을 재판 제도다. 물론 '국가통합과 화해 위원회(NURC)'라는 국가기관의 역할도 있고, '인간도(Ingando)'라는 흥미로운 연대 캠프도 있다. 지금까지 파악한 바에 따르면 이 나라의 모든 행정은 직간접적으로 국민 통합을 위해 존재한다고 해도 과언이 아니다. 하지만 전국적으로 이루어진 가차차가 없었다면 국가를 재건하는 다음 단계로 이행하기 힘들었을 것이다.

수년간 엄청난 논쟁 끝에 2002년 6월에 공식적으로 시작되어 전국 1만 1천 군데에서 벌어졌던 제노사이드 가해자에 대한 지역사회 마을 재판이 10년 만인 2012년 6월 마무리되었다. 이 기간 동안 가차차를 통해 다뤄진 제노사이드 관련 사건은 무려 195만 8,634건. 가차차는 원래 마을 공동체의 신망받는 원로들이 좌장이 되어 마을 대소사나 이웃 간의 분쟁을 해결하는 르완다 고유의 분쟁 해결 제도였다.

이것을 발전·계승하여 약 40만 명의 제노사이드 가해자들을 단죄하는 제도로 활용한 것이므로 법률가의 관여는 원천적으로 봉쇄되었다. 바로 이점 때문에 국제인권단체로부터 피고인의 방어권이 제대로 행사되지 못했다는 비판을 받는 빌미가 되기도 했다. 물론 엄청나게 많은 피의자를 한꺼번에 기소하고 재판하는 과정에서 억울한 사례가 분명 있었겠지만, 거의 대다수의 피의자가 지역사회 봉사형을 선고받고 사회구성원으로 복귀하여 학살 피해자 가족과 한 마을에서 생활하는 지금의 모습을 보면 이런 엄격한 잣대를 들이대고 비판하는 것이 과연 합당할지 의문이다.

이 획기적 시도의 발상은 당초 국가 행정력과 사법권 행사의 한계로부터 비롯된 것으로 보인다. 르완다애국전선(RPF)이 전쟁을 통해 제노사이드를 종식시킨 뒤 집권하고 보니 사회지도층이었던 거의 대부분의 행정 및 법조 인력은 희생되었거나 국외로 도피한 상황이었다. 또한 당시 약 12만 명이었던 피의자를 4만 5천 명 정도만 감당할 수 있는 전국의 수감 시설에 동시에 수용하다 보니 최소한의 음식을 제공하는 것도 불가능할 지경이었거니와 제대로 누워 잘 수도 없는 생지옥에서 많은 피의자가 죽어나가기 시작했다.

이런 상태에서 통상의 기준에 입각한 정상적 재판 절차를 통해 판결해나갔다면 약 110년 정도로 예상되는 긴 시간 동안 피의자의 인권 침해는 말할 것도 없고, 엄청난 국력의 소모를 감수해야 했을 터. 완전히 주저앉아 극도의 기아와 가난에 빠진 나라를 다시 일으켜 세우는 것이 급선무였던 정부로서는 결단을 내리지 않을 수 없었을 것이다. 이런 결정에는 유엔에 의해 이웃 탄자니아에 설립된 국제형사법정(ICTR)이 학살 주동자와 미디어를 이용하여 선전 선동에 참여했던 중죄인들을 재판하는 절차가 이미 1994년부터 진행되고 있었던 덕분에, 일정 부분 부담을 던 것도 영향을 미친 것으로 보인다.

아무리 급해도 절대 포기해서는 안 되는 가치가 '절차적, 실체적 정의'인데, 전통적 법조 체계가 붕괴된 상태에서 전통 방식의 재판 과정으로 과연 정의를 실현할 수 있었을까. 가차차는 대체적으로 처리 과정이 거칠었지만 빠른 속도 덕분에 오히려 정의가 살아난 경우다. 수십만 명을 재판해서 항소심까지 약 20퍼센트의 피의자에게 무죄의 면죄부를 주었고, 수십만 명에게 단기 징역형이나 사회봉사를 선고하여 사회로 복귀시킴으로써 무너진 공동체가 정상을 되찾는 발판을 마련했으니까. 또 정부 입장에서도 수감 시설 증설과 유지 및 재판에 소요되는 천문학적 비용을 절약하여 이를 국가 재건에 필요한 재원으로 사용, 소모적 비용 지출을 생산적인 곳으로 돌려쓰는 바람직한 결단을 한 셈이다. 늘 그렇듯 과거와 싸우면 미래가 희생되는 법이다.

무엇보다 전국 모든 기초행정단위에서 거의 일주일에 한 번씩 열렸고 성인 대부분이 참여했던 가차차가 거대한 심리치료의 장으로 기능했다는 점이 정말 중요하다. 피해자 가족과 생존자들은 제노사이드로 파괴되고 일그러진 가족과 가정 때문에 매일매일 정신적·경제적 고통을 겪으면서도 아무에게도 그 고통을 호소하지 못한 채 억울한 나날을 보냈다. 그러다가 드디어 마을 재판에서 그간의 어려움과 피해 상황을 마음껏 털어놓음으로써 카타르시스를 느끼며 심리적으로 치유되는 경험을 한 것이다. 가해자들 중에서도 공개석상에서 잘못을 인정하고 사과함으로써 어깨를 짓누르던 죄책감에서 벗어날 수 있었다고 말하는 이들이 있다고 하니, 이들에게도 역시 재판이 치유의 과정으로써 기능한 셈이다.

정치적 목적을 가진 소수의 못된 종족주의자들의 선전 선동으로 시작되어 집단 최면 상태에서 벌어졌던 집단학살의 광란은 가해자에게도 생존자에게도 모두 엄청난 상처를 남겼다. 아직도 이 상태를 벗어나지 못한 많은 사람이 존재하지만, 마을 재판 과정이 아이러니하게도 집단 심리치료 기능을 했다고 하니 아름답지만 슬픈 이야기라는 생각이 든다.

## 용서만큼 완벽한 복수는 없다

물론 이렇게 긍정적인 결과만 가져온 것은 아니다. 많은 피해자 가족은 너무도 관대한 솜방망이 처벌에 분통을 터뜨리고 있다. 사람을 죽이고도 자신의 잘못을 인정하고 공개적으로 용서를 빌었다는 이유로 단기 징역을 살거나 몇 달간 지역사회봉사를 한 뒤 마치 면죄부를 받은 듯 돌아다니는 모습을 보고 분통이 터지지 않는다면 사람이겠는가. 수감 시설의 태부족 등 정부의 현실적 어려움을 이해하고 있고, 또 정부의 '르완다는 하나다.'류의 화해 캠페인 때문에 공개적으로 반발하지는 못해도, 감정적으로는 도저히 용납할 수 없는 피해자들에 의해 지금도 독살 등 사적 복수가 간간히 터져 나오는 것이 현실이다.

또 10여 년간 이루어진 전국 규모의 재판 기간 동안 잊혀져가던 마음의 상처가 다시 덧나 고통스럽다고 호소하는 일도 자주 목격된다고 한다. 그리고 제노사이드 종식 전쟁 와중에 현 집권 세력인 르완다 애국전선 군인들에 의해 저질러진 가해종족 학살에 대해서는 전혀 재판이 이루어지지 않아 '일방만의 정의 실현'이라는 비판도 분명 존재한다.

일부의 이런 부작용과 역기능에도 불구하고 가차차를 통한 사회 치유 노력은 르완다 국민 사이에서 상당히 긍정적인 평가를 받았다. 르완다 국립 대학교 분쟁관리센터가 실시한 조사에 따르면, 당초 가차차를 통해 이루고자 했던 목표에 대하여 87퍼센트가 긍정적으로 평가했다고 한다. 그 목표는 다섯 가지인데 제노사이드의 진실 발견, 신속한 재판, 형벌 모면 문화 종결, 국민 통합과 화해의 증진, 민족 자결의 시현이다.

르완다는 복수라는 예상 가능했던 길도, 집단 사면이라는 쉬운 길도 아닌, 길고 고통스럽고 어려웠지만 나라의 미래를 위해 반드시 필요했던 길을 선택해 성공적으로 사건을 마무리했다. 그리고 그 뒤 지속적인 국민 통합의 노력 속에 괄목할 만한 성장을 하고 있다. 지난 10여 년간 이 나라는 연평균 7~8퍼센트의 고성장을 지속하며 국가 재건에 매진해, 아프리카 국가들 사이에서 성공적인 국가 재건의 모범으로 자리매김하고 있다. 안정적 발전에 필수적인 법의 지배, 정치적 안정, 정부 효율성, 국민 참여 및 안전과 반부패 청렴도 등의 기본적 요소에서, 그리고 이를 바탕으로 한 국가 경쟁력과 굿거버넌스 지수 등의 국제기준 평가에서 빠른 속도로 선진국을 따라잡고 있다. 아직 그 공과를 평가하기에는 다소 이른 감이 있으나, 만약 가차차와 같은 창의적 시도가 없었다면 이 나라는 아직도 제노사이드 후유증에서 벗어나지 못했을 것이다.

그런 의미에서 가차차는 분쟁 종식 후의 바람직한 사회 통합 모델로서 국제사회의 주목을 받기에 충분한 자격이 있어 보인다. 독일과 같은 선진국에서도 통일 이후 '오씨(Ossi), 베씨(Wessi) 갈등'으로 불리는 통독 후유증 때문에 앞으로 나아가지 못하고 침체기를 겪었다. 이를 상기해보면, 사회 갈등의 효율적 해결과 국민 통합은 그 무엇보다 중요하다. 용서만큼 완벽한 복수는 없다고 한다. 또, 용서는 강한 자의 특권이라고도 한다.

소수민족이지만 늘 이 나라 지배 계층이었던 투치족. 현재의 집권 세력이기도 한 이들의 자신감을 바탕으로 한 용서와 화해 정책은 "잊지는 않겠다."는 대목에서 결기가 느껴진다. 며칠 전 무림비 제노사이드 박물관에서 방마다 가득한 하얀 백골들을 보며, 이것들을 몸서리쳐질 정도로 완벽하게 보존하는 이면에는 분명 분노 서린 결기가 버티고 있다는 느낌을 강하게 받았다. 이제 단죄 절차도 일단락되고 앞으로 앞으로 나아가야 할 르완다. 이들에게 화해가 분노의 끝이 아닌 진정한 국민 통합의 시작이 되면 좋겠다.

# 컬러풀 르완다!

**2014. 10. 1(수)~5(일)**

이곳에 온 지 오늘로써 두 달째다. 지난 일기를 되짚어보니 문득 르완다에 미안해졌다. 글이 지나치게 무겁고 동정적이고, 때론 이성적인 평가만으로 이 사회를 들여다보려고 했다. 밝은 미래도 종종 언급했지만 그 바탕에는 제노사이드, 화해, 가난, 후진적 문화 등이 배경으로 등장하고 있었다. 이 글을 읽고 나서 르완다를 떠올리면, 학살과 가난이 생각날 것 같다.

나는 이 글을 읽는 사람들이 르완다를 사랑하게 되기를 바란다. 이들은 그런 사랑을 받을 자격이 충분한 사람들이기 때문이다. 스스로 일어서기 위해 애쓰는 사람들, 그들만큼 무엇인가 받을 자격이 있는 사람들은 이 세상에 없다. 아프리카 나라들 중에서 자립의 가치를 전면에 놓은 몇 안 되는 나라 중의 하나, 르완다. 르완다의 사랑스러운 모습을 전하고 싶었다.

수소문 끝에 찾아간 민속 예술 공예품 판매점과 화랑에서 아프리카 특유

■　　공예품점에서 발견한 목각 예술품. 내가 전하고 싶은 르완다의 이미지를 그대로 재현한 듯했다.

의 소재와 강렬한 색감의 작품, 재미있는 전통 공예품 등을 볼 수 있었다. 거기에서 망외의 소득도 있었다.

　그간 나는 휘델 시장에게 이 나라의 국가 브랜드를 더 이상 제노사이드가 아닌, 그 이후의 화해를 중점으로 해야 한다고 계속 조언했다. "제노사이드 박물관이 아니라, 화해 박물관을 만들어라.", "이 브랜드를 밑천으로 화해의 도시 키갈리를 아프리카 관광객들의 필수 방문 코스로 만들어라." 이것이 산업화가 요원한 키갈리 시를 위한 나의 경제 정책 조언의 핵심 중 하나인데, 오늘 그것을 형상화한 목각 예술품을 공예품점에서 발견하고 구입했다. 손과 손, 몸과 몸을 맞대어 이어 조각한 이 목각 작품과 같은 상징물을 시내 곳곳에 세우면 국민에게 전하는 메시지도 되고, 자연스레 도시의 상징물이 되지 않을까.

주말에는 무산제 국립 농대 교수로 계신 중장기 자문단의 김영모 선생 댁을 거쳐 콩고 국경 마을 기세니에 다녀왔다. 농대 캠퍼스 내에 있는 김 박사 숙소 주변 텃밭에서는 무, 배추, 호박, 가지, 쑥갓, 고추 등을 비롯하여 우리 식탁에 오르는 채소란 채소는 다 볼 수 있었다.

캠퍼스를 구경하며 찍기 시작한 아프리카 토종 꽃과 나무들은 기세니의 수녀들이 운영하는 조그마한 숙박 시설 앞마당으로 이어졌다. 정말 다양한 야생화를 만날 수 있었다. 육종과 조림을 전공한 김영모 선생과 그에 못지 않은 지식과 경험을 가진 문영애 사모의 친절한 설명 덕분에 이곳 농촌 유실수 등 생소했던 분야도 많이 알게 됐다. 오랜만에 제대로 된 한국 음식으로 회포를 풀어주고, 당분간 김치와 깍두기는 걱정 없을 만큼 무, 배추 등을 한아름 챙겨준 두 분에게 깊이 감사드린다.

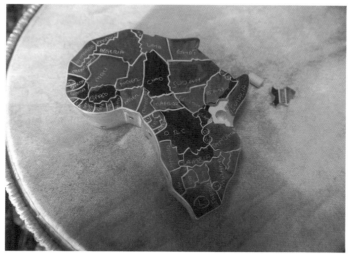

■  아내의 액세서리 보관함으로 쓰면 딱 좋을 작품을 단돈 8,000르완다프랑(1만 5천 원)에 샀는
   데, 그만 사 오자마자 뚜껑 잠금장치 꼭지가 부러졌다. 당연히 바꾸어주지 않을 것을 각오하고
   상점을 찾아갔는데 두말 않고 새 제품으로 교환해주는 게 아닌가! 감동한 우리 일행은 물소뼈로
   만든 목관악기 모양의 장식품을 하나 더 샀다.

**위**   딸들에게 줄 액세서리 보관용 소형접시와 물소 뿔 비눗갑.

**아래**   고추 당추보다 더 맵다는 시집살이 격언 '벙어리 3년, 귀머거리 3년, 장님 3년'을 떠올리게 하는
물소뼈 조각품을 발견했다. 아프리카 문화 속에는 무슨 이야기가 담겼을까?

위    이네마 아트센터에서 동네 아이들에게 아프리카 전통춤을 가르치고 있었다. 마침 시간대가 맞
      아서 운 좋게도 한참을 지켜보았다. 춤과 몸놀림에는 천부적인 재주를 타고난 듯 보이는 꼬맹이
      들과 선생님.

아래   이부카 갤러리 앞에서 갑자기 쏟아지는 비를 만났다. 덕분에 전깃줄에 앉은 참새들마냥 처마 밑
      에 늘어선 아이들을 찍을 수 있었는데 그 모습이 무척 귀엽다. 이 색색의 구멍가게 벽면은 아마
      도 갤러리 미술가들의 재능 기부가 아닌가 싶다.

■ 무산제에서 기세니로 가는 도중 녹차밭을 발견했다. 원래 물이 잘 빠지는 햇살 가득한 언덕 위
에 녹차밭을 만들어야 하는데, 이 지역은 논농사를 해도 좋을 저습지대에 만들어 품질이 썩 좋
은 편이 아니란다.

**위**    르완다는 아직도 밥 짓는 연료의 80퍼센트 이상을 산에서 나무를 베다가 말려서 쓰거나 숯을 사다가 쓴다. 그래서 산들이 거의 민둥산이다. 이 점을 안타깝게 여긴 김 박사가 토탄과 각종 농업폐기물을 이용하여 우리식 미니 연탄을 만들었다. 커피 껍질, 톱밥, 수수 껍질, 콩깍지, 카사바 등 이 나라에서 쉽게 얻을 수 있는 각종 폐기물이 재료다. 르완다 정부에 상용화를 건의한 단계란다.

**아래**    르완다에서는 많은 사람이 빨래를 풀밭에 널어 말린다. 곤충들이 빨래에 알을 낳아 풍토병의 원인이 되므로, 이것도 계몽 대상이 되어야 하지 않을까?

위    수녀원 뜰에 심긴 아보카도. 다른 과일과 달리 지방과 단백질을 많이 함유한 과일로 르완다 전
     역에서 잘 자라는 경제수종이다. 우리 돈 80원 정도면 살 수 있는데, 쉽게 상해서 그런지 상품으
     로 개발되어 활용되지 못하는 현실이 안타깝다. 김 박사는 냉동 건조를 통해 세계 10대 아보카
     도 생산국인 르완다의 수출 상품으로 만들 가능성을 타진하고 있다.

아래   '케이폭'이라는 나무의 씨앗이 들어있는 꼬투리. 하얀 것이 솜 같은데 인도네시아에서는 침대
     매트리스, 솜털 옷 등으로 다양하게 이용되는 반면, 이곳에서는 활용이 안 되고 있어 김 박사게
     서 학생들에게 열심히 가르치는 중이라고 한다.

■    수녀원 마당에 핀 아름다운 야생화들.

■  아프리카 대륙에 핀 여러 꽃이 참 아름답지만, 이 꽃들만 할까. 수녀원 앞마당 풀밭에서 놀고 있
   는 동네 아이들과 산책 나갔다가 물가에서 만난 모자(母子)가 참 행복해 보인다.

# 자문을 위한 고민

2014. 10. 8(수)

여기 와서 관심을 가지고 있는 것 중 하나가 '고품질 행정서비스 전달 체계'다. 아프리카에서 웬 행정의 품질이냐 싶을 것이다. 먼저 르완다는 비전 체계가 매우 잘 잡혀있다. 'Vision 2020'이라고 해서 2020년까지 지식 기반 중진국 진입을 목표로 하는 중기 발전 목표가 있고, 우리로 치면 경제개발 5개년 계획과 같은 실행 계획인 'EDPRS1, 2'가 있다. 2008년 시작되어 지금은 2단계 2년차다.

모든 국가 기관이 일사불란하게 이 비전과 목표를 향해 나아가도록 매 회계년도의 계획이 발표되고, 그 계획은 이미히고(Imihigo: Performance Contract의 현지어)라고 불리는 성과 계약 내용에 반영된다.

그래서 새 회계년도가 시작되는 9월에는 대통령과 각 지방자치단체장, 각부 장관 사이에서 이루어진 새 성과 계약 내용과 지난해 성과 평가가 대대적으로 보도된다. 좋은 결과를 내 상을 받는 지자체나 부서의 장들이 언론에 트로피를 들고 등장하는가 하면, 꼴찌가 어디인지도 발표되어 망신을 당하기도 한다. 이런 모습을 지난 한 달간 지켜보며 문득 그 내실이 궁금해졌다. 그래서 시청 내 굿거버넌스 부서의 브리핑을 받아보았으나, 성에 차지 않았다. 본인들이 하는 일을 소개했는데, 규모에 비해 여성과 가족, 청소년, 시민 참여, 스포츠 및 문화 등 하는 일이 너무 많아 국가 목표로 설정된 좋은 행정 서비스 전달에는 신경조차 쓰기 힘든 듯했다.

그래서 르완다거버넌스보드(RGB)라고 하는 중앙정부 부서의 장을 만났다. 이 부서는 우리로 치면 지방공무원 연수원의 역할을 하면서 양질의 행정서비스 전달과 관련된 모든 일을 하는 곳이다. 방법론을 개발하고, 공무원 역량 강화 교육을 하고 모니터링해서 성과를 측정하고, 이를 토대로 평가서를 작성하여 발표하는 등의 활동을 통해 행정 서비스 품질을 향상시키고 있다. 지방과 실무 공무원 교육은 싱가포르 전문가, 중앙과 정책결정권자 교육은 우리나라 행정연구원이 돕고 있다.

시장 비서실의 소개로 만난 이 조직의 부사장인 파튜마 엔다기자 대사는 모든 현안을 파악하여 머릿속에 저장하고 있는 굿거버넌스 전도사 같았다. 1시간 정도 회의했는데, 질문을 하나 하면 5분 내지 10분 동안 그 현안에 대하여 교과서를 읽는 듯한 답변을 했다. 말하는 대로 받아쓴다면 그대로 기관 소개 책자가 될 정도로 군더더기 없는 그녀의 설명은 완벽했다. 물론 면담 목표는 120퍼센트 달성되었다.

역시 이 나라의 고위 공직자들은 하위직에 비해 훨씬 더 임무에 충실하고 성실하다. 지위에 비례해서 더 충실하다는 것은 무슨 뜻일까. 그들 스스로 인정하듯 상위직일수록 바쁜 것이 꼭 효율적인지는 모르겠으나, 적어도 직

■ 르완다거버넌스보드의 부사장 겸 지방분권 및 지방공무원 역량강화 책임자 엔다기자 대사와의 면담.

책이 높아질수록 책임감의 무게를 더 느끼는 것만큼은 바람직하다는 생각이 든다. 덕분에 이 나라 행정서비스 전달 체계의 현황 및 문제점과 행정부가 무엇을 추구하고 어떤 점을 부족하게 느끼는지 알았다. 이제 앞으로 내가 중점적으로 자문해주어야 할 부분이 무엇인지도 정리되어간다.

## 고품격 행정 만들기

르완다에서 가장 중요한 산업은 농업이다. 하지만 놀랍게도 행정 목표만큼은 정보통신기술을 통한 스마트 행정에 두고, 모든 영역의 서비스 수준을 수치로 평가하여 정기적으로 발표하고 각 부서가 참조하도록 하고 있다.

우리 1960, 70년대의 관 우위 행정의 질과 부패상과 비교해보면 놀라울 뿐이다.

RGS(Rwanda Governance Scorecard)는 각 영역의 거버넌스 요소들이 향상되고 있는지를 2년마다 측정하여 공표하는 평가서이고, CRC(Citizen Report Card)는 행정서비스의 소비자인 시민과 전문가 패널을 대상으로 각 기관의 생활 밀착형 서비스에 대한 만족도를 점수로 평가하고 피드백하는 제도다.

물론 우리도 국무총리실 주관 하에 각 기관별로 정부 업무를 평가하고, 1990년대부터는 성과 관리도 하고 있으나 이미 너무 익숙해서인지 형식화되어 간다는 느낌이다. 서울시가 10여 년 전부터 하고 있는 시민고객만족도 평가도 마찬가지다. 그런데 아프리카에 와서 이런 평가 시스템이 효율적으로 작동하고 있는 것을 보니 오히려 자극도 받고, 많은 의문도 풀렸다. 르완다는 여러 국제기구나 평가 기관에서 국가 경쟁력이나 굿거버넌스, 기업하기 좋은 나라, 청렴도 순위 등을 평가할 때마다 아프리카 최상위권을 차지한다. 그 비결이 무엇일까 궁금했는데, 답은 역시 평가 결과를 끊임없이 피드백하고 독려하는 체계에 있었다.

그리고 또 하나 중요한 기능은 앞에서 언급한 이미히고가 담당하고 있다. 대통령과 각부 장관, 지자체장이 매년 체결하는 각 부문별 성과 계약은 그해 행정의 지상 목표가 된다. 올해 포장도로는 몇 킬로미터 확장, 교실은 몇 개 증설, 하수도관은 몇 킬로미터 공사, 공무원 역량 강화교육은 몇 시간 증가, 옥수수 생산성은 몇 퍼센트 증대 식으로 발표되는 성과 계약은 현 발전 단계에서는 지대한 성과를 내는 주요 수단이다. 수치를 구체화한다는 점 때문에 가치지향 행정에는 역행한다는 단점에도 불구하고 말이다. 목표를 달성 가능한 수준으로 낮춰 잡는 등 본질을 우회하는 부작용이 지적되고 있으나, 르완다에서는 대통령이 직접 나서서 비전과 목표를 국민과 공유하고 공개적으로 목표를 설정하는 이 행사가 축제처럼 자리 잡아 가고 있다.

어느 나라나 오래 머물며 그 사회 속으로 들어가 부대끼면서 정치 행정을 속속들이 들여다보면 그들만의 특징을 감지할 수 있다. 페루에서는 민주주의가 웃자랐다는 생각이 들었다. 수백 년 전 식민지 시절부터 농익어 온 정치 행정 및 사회 체제가 가진 자와 공무원을 비롯한 기득권 계층의 편익에 봉사하도록 교묘히 조정되어있어 벽을 느꼈다면, 이곳에서는 모든 체계가 잘 벼려진 칼과 같이 새파랗게 '날'이 서있는 느낌이다. 아직 대중적 문화 수준이나 교육 수준이 이를 따라가지 못하는 지체 현상이 곳곳에서 나타나지만 조만간 잘 훈련된 엘리트들과 조직화된 시스템이 대중을 이끌며 아프리카에서 가장 눈에 띄는 변화를 선도해나갈 것이라는 기대감이 생긴다.

요즈음 부담이 느껴진다. 과외선생님이 새로 맡은 학생을 초등학생 정도로 보고 수업에 들어갔다가, 대학 입시를 앞둔 수험생 수준임을 깨닫고 갑자기 수업 내용을 새로 준비하는 형국이랄까. 더욱이 기초체력이 부족해서 심신단련까지 한꺼번에 시켜야 하는 경우이니, 어디부터 어떻게 손대야 할지 고민이 많다. 지도자의 의욕은 넘치는데 인적 물적 자원의 뒷받침이 턱없이 부족한 현실적 괴리를 극복해가며 성과를 낼 수 있는 지름길을 제시해야 하는 것이 이 나라 자문의 딜레마라고나 할까. 예산과 잘 훈련된 실무 공무원이 없는 상태에서 새로운 시도를 하는 것은 총칼 없이 전장에 나가는 것과 같다.

미리 다 경험해보아서 무엇이 왜 필요한지를 잘 알아도, 막상 현장에 접목하는 데 장애 사유가 많은 현실. 이런 고민은 비단 나뿐 아니라 이 나라, 아니 모든 개도국에 자문단으로 파견된 분들의 공통된 고민이 아닐까.

# 이 젊은이들을 보라!

2014. 10. 10.(금)

이번 주에는 키갈리에서 1시간 남짓 떨어진 카모니 구역의 냐루바카에서 활동하는 소규모 NGO인 지구촌나눔운동(GCS)에 신발을 전달하고 왔다. 전 세계 일곱 개국 여덟 개 사업소에서 오지 산간마을에 들어가 현지 주민들과 함께하며 마을 공동체 소득증대 사업과 사회교육 사업을 하는 이 단체는 지역마다 두세 명의 활동가를 두었다.

산골 마을에서 씩씩하게 활동하고 있는 황지원, 길아영 간사를 보며 참 대견스러웠다. 어떻게 이 나이에 아프리카 산속에 들어와 어려운 사람들을 위해 젊음을 불태울 생각을 했을까? 비포장도로로 들어서고도 30분 정도를 더 달려 도착한 소박한 사무실에서 간단한 보고를 받고 사업 현장을 보러 나섰는데, 그들이 활동하는 곳은 거기서도 차로 30분을 더 들어가야 하는 산골짜기 마을이었다.

각 구역별로 경제발전도가 낮고 낙후된 지역을 선정하여 재정과 인력을 집중 지원하는 르완다 정부 프로그램인 VUP(Vision 2020 Umurenge Program) 대상 지역인 이 산골 마을. 가난한 나라 르완다 중에서도 가장 가난한 산골 마을에 들어와 원주민들과 피부를 비비며 하루하루 그들의 생각을 바꾸어가는 우리의 젊은이들. 원조 중에서도 가장 힘든 진짜 원조를 실천하고 있는 이들. 누가 우리 젊은이들을 철없다고 할 수 있을까? 누가 이들을 약하다고 하는가? 한창 나이에 모든 즐거움을 내려놓고 아프리카 오지 산간 마을에서 삶의 보람을 찾고 있는 두 젊은이의 강인한 눈동자에서 나는 대한민국의 창창한 미래를 보았다.

인생의 의미가 무엇인지, 진정한 가치와 행복이 무엇인지 아는 대견한 대한민국 젊은이들이 전 세계 개발도상국 곳곳에 터 잡고 지구촌의 새로운 역사를 써가고 있다. 총칼로 식민지를 경영하며 수탈을 통해 부를 축적한 서구 열강의 부끄러운 역사가 우리에겐 없다. 우리 이전 세대는 스스로의 힘으로 발전을 일구었고, 다음 세대는 벌써 나누기 시작했다. 전 세계 전례 없는 대한민국의 참으로 자랑스러운 '신세대'다.

**위**   이 여인은 황지원 간사가 시작한 암소은행 사업 덕분에 소가 생겨서인지 마치 친동생을 대하듯 반갑게 우리 일행을 맞아주었다. 암소은행은 저리로 1년간 종자돈을 빌려주어 소를 사게 하고, 스스로 벌어서 갚아나가게 하는 자립형 소득 증대 사업이다. 회수율이 90퍼센트에 달한다니 매우 성공적이다.

**아래**   우리나라 1960년대 시골 마을이 생각나지 않는가. 외양간의 소가 황소가 아닌 젖소인 것만 다르지, 그 향긋한 시골 내음까지 똑같았다.

**위**  심산유곡(深山幽谷)이라는 말이 실감 난다.

**가운데**  이 동네 사람들은 카사바 뿌리를 말렸다가 갈아서 주식으로 삼는다고 한다. 썩 유쾌하지 않은 시큼한 냄새가 코를 찔렀다.

**아래**  르완다에서는 '젤리칸'이라고 부르는 이 노란통을 들고 이동하는 사람들을 흔하게 볼 수 있다. 이 물통에 물을 담아 집으로 나르기 위한 이동 행렬이 때로는 장관을 이룬다. 어른, 아이, 남녀 구분 없이 이 물통을 들고 이동하는데, 마을 공동 급수 시설이 태부족이다 보니 보통 한두 시간 거리는 기본이란다.

- 이 산골 마을에 우리 기업의 나눔 운동을 통해 공동급수시설이 들어섰다. 덕분에 이동 시간이
  절반으로 줄어든 가구가 많아졌단다. 비가 온 직후라서 그런지 물이 뿌연 색이었는데, 석회 성
  분이 섞여있을 것 같은 물을 벌컥벌컥 마시는 모습에 마음이 아팠다.

**위**     '모토'라고 부르는 오토바이가 두 활동가의 교통수단이다. 비포장도로를 이렇게 이동한다니 걱
　　　 정스러웠다.

**아래**   젊은 자원봉사자들의 도움으로 현지어인 키냐르완다어와 영어로 동화책이 만들어졌다. 사진의
　　　 책은 『떡 하나 주면 안 잡아 먹지』.

# 용서와 화해의 가치, 인간도

2014. 10. 13(월)

이번 주말은 이틀간 조용히 앉아 '용서와 화해'에 대한 생각을 정리해보았다. 르완다 사람들이 안고 살아가는 아픔을 외국인으로서 일부나마 느끼고 공감할 수 있어야 내 자문이 쓸모 있어지지 않겠는가. 그러기 위해서는 먼저 이들이 진심으로 용서를 바탕으로 공존하고 있는지를 알아야 한다. 정말 용서했다면 그 용서의 이면에 무엇이 있는지도 찾아내야 한다.

자료를 뒤적이던 중 많은 것을 시사하는 몇 장의 사진과 고백을 찾아냈다. 『뉴욕타임스』가 제노사이드 20주년을 맞아 지난봄 가해자와 피해자들을 둘씩 묶어 함께 촬영한 사진과 그들의 생각을 적은 글, 「화해의 초상화」는 내가 찾던 바로 그 자료였다.

**가해자**  1994년 제노사이드 때 나는 이 여인의 아들을 죽이는 데 참여했습니다. 그러나 우리는 지금, 화해와 통합을 위한 그룹의 동료입니다. 우리는 모든 것을 공유합니다. 이 여인이 마실 물이 필요하면 내가 가져다줍니다. 우리 사이에 더 이상 의심은 없습니다. 한때는 내가 저질렀던 그 슬픈 장면이 등장하는 악몽을 자주 꿨는데, 요즘에는 마음 편하게 잡니다. 우리는 형제자매 같습니다.

**피해자**　　이 사람은 내 아이를 죽였고, 내게 용서를 빌었습니다. 그를 망설임 없이 용서한 이유는 그가 뭔가에 홀려 그런 짓을 했기 때문입니다. 이 사람이 죄를 숨기지 않고 인정한 사실이 매우 기쁩니다. 죄를 저지르고도 인정하지 않고 숨기면 얼마나 상처받겠습니까? 용서를 빌기 전에 그는 내 곁에 오지도 못했습니다. 나도 그를 적으로 대했지요. 그러나 지금은 그를 내 아들처럼 여깁니다.


**가해자**　　나는 사람을 죽였고 재산을 약탈했습니다. 교도소에 9년 반 있다가 풀려나기 전에 선과 악을 구분하는 교육을 받았습니다. 집으로 돌아왔을 때 내가 죄를 지은 사람에게 용서를 비는 것이 좋겠다고 생각했습니다. 그녀에게 모든 힘을 다해 돕겠다고 이야기했습니다. 내 아버지가 그녀의 아이를 죽이는 못된 짓을 했다는 사실을 알고, 그녀에게 깊이 사죄했습니다.

**피해자**　　남편은 도피했지만 사람들이 그를 찾아내 죽였습니다. 한 주 뒤 그들이 또 찾아와 두 아들을 죽였습니다. 딸들만은 살려달라고 애원했지만, 딸들마저 마을로 데려가 죽인 뒤 웅덩이에 던졌습니다. 무릎을 꿇고 빌어 동생과 함께 그 웅덩이를 메울 수 있었습니다. 그럼에도 내가 이들을 용서한 이유는 사랑하는 가족을 다시 찾을 수 없다는 사실을 깨달았기 때문입니다. 외로운 인생을 더 이상 감내할 수 없습니다. 만약 내가 아프면 누가 내 옆을 지키겠습니까? 어려움에 처해 도움을 청할 때 누가 나를 돕겠습니까? 그래서 용서하는 편을 택했습니다.

**가해자**　　용서를 구한 날, 평온을 얻었습니다. 내가 저지른 죄 때문에 인간성을 상실했었습니다만, 이제 비로소 인간으로 돌아왔습니다.

**피해자**　　이 사람과 마을 사람들에게 쫓겨 재산을 모두 빼앗겼을 때, 머물 곳도 없고 거의 실성했었습니다. 나중에 그가 용서를 구했을 때, 이렇게 이야기했습니다. "아이들에게 먹일 것이 없습니다. 아이들을 키울 수 있도록 도와줄 수 있을까요? 아이들을 위해 집을 지어줄 수 있을까요?" 다음 주에 그가 50여 명의 제노사이드 전과자와 피해자들을 몰고 찾아왔습니다. 그리고 우리 가족을 위해 집을 지어주었습니다. 그 이후 모든 것이 좋아졌습니다. 말라비틀어진 나무 막대기같이 살았지만, 이제 마음의 평화를 얻었고 이 편안함을 이웃과 나누고 있습니다.

처절하지 않은가. 그들은 살기 위해 용서했다. 상대를 용서하기 위해서가 아니라, 내가 살기 위해서……. 고결한 이상과 영성에 의한 용서가 아니라, 책 속에서나 나오는 비현실적인 선한 자비심에서가 아니라, 스스로 생존하기 위해 화해와 용서를 하지 않을 수 없었다는 슬픈 현실에 생각이 미치면 제노사이드 가해자와 피해자 모두 안쓰럽기 그지없다.

## 화해와 공존을 위한 몸부림

이렇게 필요에 의해 강요된 용서와 화해일지라도 공동체 및 국가 재건에는 도움이 된다. 또한 생존자들이 가해자를 용서하며 느낄 수도 있는 망자에 대한 미안함을 최소화시켜주기 위해서라도 화해의 성스러운 가치에 대한 수용과 체화가 우선되어야 할 테니까.

이를 위한 대표적인 프로그램이 '인간도'다. 일종의 '연대 캠프' 같은 것으로, 제노사이드 죄수, 가해 종족 군인으로 해외 도피했다가 귀국을 원하는 자들은 물론, 지식인과 공무원, 대학 입학을 원하는 학생 등 제노사이드 관련자들과 사회 통합을 만들어가야 할 사람들은 모두 교육 대상이다. 입소하면 군복을 입고 1개월부터 6개월까지 대상별로 정해진 기간 동안 합숙하며 토론하고 교육받는다.

이때 제노사이드의 모든 원인과 배경이 드러난다. 벨기에 식민지 당국이 종족 구분과 분리 정책을 통치에 이용하는 과정에서 갈등이 싹텄고, 학살의 기폭제는 정치 지도자와 언론의 '증오 언어'에 있었다는 사실, 그리고 막상 대참극이 시작되자 유엔을 비롯한 서구 사회는 냉정하게 서구인의 안전에만 신경 썼을 뿐 전혀 도움이 되지 않았다는 점 등을 낱낱이 드러내며 토론한다. 결국 참여자들은 이러한 토론을 통해 화해와 공존을 바탕으로 한 자립과 자존만이 살 수 있는 길임을 깨닫는다.

'이토레로(Itorero)'라는 사회 통합과 근면, 성실을 교육하는 과정도 있다. 매달 마지막 토요일 오전에 지역사회 공동 과제를 수행하는 우무간다가 끝날 무렵에도 어김없이 토론과 교육이 이어진다. 획일적이고 집체적인 군사 문화에 불에 덴 듯한 기억을 가진 우리는, 이런 제도를 군부 출신 대통령이 통치하는 개도국 특유의 정신교육이라 연상하고 거부감을 가질 수도 있다. 그러나 그런 선입견을 배제하고 객관적으로 평가해보면 이보다 바람직한 극복 방법은 없다.

본인도 모르게 때때로 터져 나오는 가해자에 대한 분노와 적개심에 휩싸일 때 혹은 경제적으로 고통스러울 때마다 다시 덧나는 박탈감과 복수심을 통제할 수 있도록 돕는 심리치료요법과 사회 시스템으로 '대화와 토론'보다 좋은 제도가 무엇이 있을까. 르완다 정부의 각종 화해 프로그램을 '정부에 의해 억지스럽게 강요된 화해'라는 관점에서 비판하는 서구 지식인들을 보면 지나치게 비현실적이고 냉정한 잣대를 들이댄다는 생각이 든다. 정부 차원의 화해 정책과 개인 간의 진정한 감정적 화해는 별개라는 주장에 이르면, 참으로 무책임한 시각이라는 생각도 든다.

이런 비판에도 불구하고 이 어려운 미션을 묵묵히 수행하는 기관이 있다. 바로 국가통합화해위원회(NURC)다. 그들의 생각을 들어보기 위해 지난주 사무총장인 장 뱁티스트 박사를 만났다. 그의 사무실 소파에 앉는 순간, 탁자 위에 놓인 카누 조각품이 눈에 들어오며 그 의미가 마음에 다가왔다. 첫 질문으로 이 목각 민속 공예품이 어떤 의미인가 물었다.

그는 이렇게 대답했다. "함께 호흡하며 마음을 합쳐 노력하지 않으면 목표한 방향으로 나아갈 수 없습니다." 무너진 공동체 의식을 회복하고 이를 바탕으로 가난 극복과 경제 발전이라는 절실한 비전을 향해 나아가야만 했던 르완다가 왜 이 정부기구를 만들었는지, 이 조각품이 설명해주고 있었다.

1시간여 대화를 나누며 많은 것을 공감했다. "저는 가르치러 온 것이 아니라, 배우러 왔습니다. 우리 대한민국에 지금 꼭 필요한 덕목이 '화해와 통합'입니다. 르완다는 이 어렵고 지난한 작업을 고통 속에서 진행하고 있

■ 르완다 민속 공예품점에서 흔히 볼 수 있는 이 목각 조각상을 국가통합화해위원회 사무총장 방
에서 보니 그 의미가 새로웠다. 두 손을 모으고 있는 장 뱁티스트 사무총장 본인은 가해종족 후
투족 출신이지만 투치족 아내를 두었다는 이유로 위기를 겪고 가까스로 살아난 의사 출신 운동
가다. 가해종족 출신을 헌법상 독립기관이면서 화해정책의 총책임자 자리에 앉힌 뒤 곁에 오래
두고 있는 폴 카가메 대통령의 용인술에 고개가 끄덕여졌다.

습니다. 그 과정을 들여다보고 싶습니다. 인간도 프로그램 현장을 가보고 싶습니다." 그는 내 진심이 담긴 요청에 매우 긍정적이었다.

조만간 외국에 피신해있던 가해 종족 군인들이 귀국하기 위해 참가하고 있는 인간도 캠프에 가볼 수 있을 것 같다. 1994년 제노사이드 이후 인구 1,200만 남짓의 르완다에 이미 350만 명이라는 엄청난 주변국 망명민들이 귀국했고, 1만 5천 명의 군인들이 이 프로그램을 통해 르완다로 돌아왔다. 이 교육을 받은 다음 각자의 계급에 어울리는 위치로 배속되었다니 그저 놀라울 뿐이다. 화해와 통합을 위한 이 정부의 의지와 노력을 읽을 수 있는 대목이다.

언젠가 '화해 마을(Reconciliation Village)'에도 꼭 가보고 싶다. 제노사이드는 사람만 죽인 것이 아니라 공동체도 완벽하게 파괴했다. 재산을 약탈당한 피해자도, 수년간의 형기를 마치고 석방된 가해자도 갈 곳이 없기는 마찬가지였다. 그래서 정부는 여섯 곳에 화해 마을을 만들었다.

장 뱁티스트 사무총장은 르완다의 국가 브랜드가 바로 이 같은 '화해'가 되어야 한다는 내 생각에 적극 동의했다. 같은 맥락에서 르완다가 더 이상 '제노사이드와 퀴부카'의 나라가 아닌 '화해와 용서'의 나라가 되기 위해서는 백골이 그대로 전시되어있는 무람비 제노사이드 박물관 같은 곳이 화해의 이야기가 주를 이루는 장소로 바뀌어야 한다는 데도 의견을 같이 했다.

고통스럽고 지난한 화해와 용서의 길을 가고 있는 르완다. 서로 용서하고 화해하는 것만이 무너진 국가를 일으켜 세우는 길임을 깨닫도록 유도하고 있는 정부. 그렇게 해서 모두 생존하고 번영할 수 있는 현실적 대안이 용서와 공존임을 공통의 가치로 체화해나가고 있는 국민. 그 땅에서 나는 통일이라는 대업을 앞두고 있고, 화해와 공존이라는 시대적 화두로 몸살을 앓고 있는 대한민국을 떠올렸다. 대한민국과 르완다의 과거와 현재, 그리고 미래를 생각해본 주말이었다.

# 자립을 위해 노력하는 사람들

2014. 10. 15(수)

오늘도 신발을 전달하고 왔다. 새마을 소득증대 사업의 하나로 우여곡절 끝에 양계장 사업을 궤도에 올려놓은 이재구 선배가 동네 학교에 신발이 필요하다고 요청해 방문했다.

그곳에서 교육용으로 쓰이는 재봉틀을 보니 어머니가 생각났다. 내가 중학교 다닐 때 아버지 수입으로는 도저히 생활이 안 되어 경제적으로 힘겨워하던 어머니가 집에 재봉틀을 한 대 들여놓고 방석과 쿠션, 베갯잇 등을 만들어 팔기 시작했다. 이 재봉틀이 두 대, 석 대가 되고 결국 수년 뒤 남대문 시장의 가게로 이어지면서 생활이 펴기 시작했는데, 그 장면 장면이 재봉틀에 겹쳐 잠시 어머니가 떠오른 것이다. 여기서 재봉틀을 배우는 여인들도 자신들의 재봉틀 기술이 훗날 어떤 결실을 가져올지 상상도 못 하고 있겠지.

■    입맛에 딱 맞았던 전통차 이차이.


    땡볕에서 현장 방문을 두어 시간 하고 나니 갈증이 나기 시작했는데 마
침 '캔틴(cantine)'이라 부르는 허름한 구멍가게 겸 간이식당 앞에서 무언
가를 끓이고 있었다. 가뭄에 오아시스를 만난 셈이었다. '이차이(Icyayi)'라
는 아프리카 전통차인데 인도의 영향을 받아 케냐, 우간다 등 동아프리카
에서 즐겨 마신다. 홍차에 생강, 우유, 설탕을 듬뿍 넣은 것으로 이제는 이
음료가 입에 착착 감긴다. 홍차 대신 커피를 넣은 '아프리칸 커피'도 점심
메뉴에 곁들여 즐겨 마신다.
    이 나라 사람들은 이차이를 정말 즐겨 마신다. '만다지'라고 하는 도넛
비슷한 튀김과 함께 간식이나 식사로 즐겨 먹는데, 이차이 한 잔 값은 100
르완다프랑(150원)이니 정말 싸다. 그래도 플라스틱 컵에 찰찰 넘치게 따
라준다. 만드는 방법만 보고 '그걸 어떻게 마시나?' 하지 말고 한번 시도해
보면 후회하지 않을 것이다.

위  하굣길의 앙증맞고 귀여운 아이들. 여기서 굴렁쇠는 심심치 않게 볼 수 있는 친숙한 놀이 기구
다. 아이들의 책가방에 새겨진 새마을 로고는 이 마을 사람들에게 자립과 소득증대를 가져다준
고마운 상징임이 분명하다.

아래  아무도 시키지 않아도 춤을 추며 노래를 부르는 아이들. 우리가 신발을 가져온 사람들이라는 사
실도 알 리 없다. 쉬는 시간에 몰려 나왔다가 우리를 보자 자연스럽게 시작된 노래는 합창으로,
폴짝폴짝 뛰는 춤으로 이어진다. 이런 아이들을 앞에 두고 우리가 어떻게 게을러질 수 있겠는
가. 사실 며칠 무리했더니 입술이 부르텄는데, 오늘도 힘든 줄 모르고 다녀왔다.

**위**    새마을회관 안에 마련된 봉제실습실에서 재봉에 몰두하고 있는 연습생. 여기서 배운 기술로 취업하면 벌이가 꽤 된단다. 의외로 재봉틀이 전부 중국산이라 어찌된 일인지 사연을 들어보니, 처음에는 우리 제품을 들여놓았지만 부품 조달이 안 되어 결국 모두 중국산으로 바꿀 수밖에 없었단다.

**아래**    이 봉제실습실에서는 배낭과 지갑 등 수예제품들을 직접 팔기도 한다. 그 말을 듣고 동네 아이들이 모두 새마을 로고가 그려진 가방을 매고 있던 사연을 알게 되었다. 마침 내 배낭 한쪽 끈이 헤져 곧 떨어져 나갈 상황이라 망설임 없이 한 개 구입했다. 가격은 1만 르완다프랑(1만 5천원). 중국 상하이 시장에서 1만 5천 원 주고 산 것을 2년간 썼으니 오래도 썼는데, 오늘 마침 이런 인연 덕분에 뜻깊은 물건으로 다시 장만하게 되었다.

**위**    이 마을 수십 가구의 집마다 30마리씩 닭을 분양해서 달걀을 생산하는 사업이 마무리 단계에 이
르렀다. 이제 2차 모집에 돌입했는데, 1차 모집 때 망설이던 사람들이 앞다투어 분양해달라고
줄을 선단다. 집집마다 이런 닭장이 있고, 마당마다 닭들이 뛰어다니는 모습이 장관이었다. 새
마을 사업 초기에는 공동 양계장을 만들었지만 실패하고, 결국 각자에게 분양하는 제도를 도입
해서 성공했다고 하니 역시 뭐든 내 것이라야 애착이 생기는 모양이다.

**아래**    신발 밑창을 수선해주는 것은 300프랑, 자전거로 물건을 배달해주는 것은 거리에 따라 100프랑
에서 300프랑을 벌 수 있다고 한다. 이렇게라도 일할 것이 있는 사람들은 행복한 사람들이다.

3장

**우리의 현재**
**그들의 미래**

# 르완다, 무엇부터 시작할 것인가?

2014. 10. 17(금)

르완다에 무엇인가 실질적인 도움을 주고 싶다. 즉, 돈 버는 길을 알려주고 싶다. 스스로의 힘으로 일어서는 방법을 찾아가도록 방향을 설정해주고 싶은데, 이곳 산업 환경이 너무 열악하다. 기초 기술과 기술 인력 모두가 부족하다. 게다가 인구 1천 2백만 정도의 내수 규모로는 투자자가 공장을 지어도 경제성을 맞추기가 쉽지 않다. 생필품조차 차라리 수입해 쓰는 것이 싼 형편이니, 누가 투자를 시작할 엄두를 내겠는가.

경제 규모가 조금 더 크고 르완다를 앞서가기 시작한 케냐, 탄자니아 등 주변의 동아프리카 공동체 국가들과 이미 무관세 협정이 맺어져있으니 국내에 산업단지를 만들기가 더 어렵다. 그래서 더욱 수출만이 수익을 내는 유일한 길인데, 이마저도 원자재나 지하자원이 거의 없고 농산물만이 유일한 재료다. 거기에 물류가 가장 큰 장애물이다. 항구가 없는 내륙국이다 보니 원자재를 수입해서 가공한 후 수출하는 가공무역조차 경쟁력이 뚝 떨어진다. 물건 들여오는 데도 비용, 시간, 노력이 필요하고, 내보낼 때도 마찬가지다.

도로나 열차를 놓으려 해도 지형 극복이 만만치 않다. '천 개 언덕의 나라'라는 별명이 말해주듯 어려운 공사 구간이 많다. 이미 이웃 나라 케냐의 몸바사 항구에서 우간다를 거쳐 이곳까지, 탄자니아 다르에스살람 항구에서 키갈리까지 열차를 연결하려는 노력이 시작되었지만, 수년 내 완공하기가 쉽지 않을 것이다. 르완다 지방을 다녀보면 산악지형의 도로가 급경사, 급커브로 이루어진 구간이 구절양장처럼 이어져 커브길 옆에 쓰러져있는 대형 트럭을 심심치 않게 만난다. 이처럼 산업화와 경제 개발의 여건을 하나하나 따져보면 한숨이 절로 나온다.

그러나 하늘이 무너져도 솟아날 구멍은 있는 법. 르완다는 아프리카에서 가장 깨끗하고 안전하며, 선하고 청렴하다. 이곳에 처음 오는 외국인들은 잘 정돈된 청결한 거리를 보고 기분이 좋아진다. 다른 아프리카 나라들을 다녀본 사람들이라면 더욱 르완다의 깔끔함에 반할 것이다. 게다가 외국인이 밤거리를 다녀도 될 정도로 치안이 좋다. 낮에는 경찰, 밤에는 군인들이 곳곳에 경계를 서는 덕분이다. 마트를 비롯한 여러 사람이 이용하는 모든 시설의 출입구에는 보안 인력이 배치되어 짐 검사를 하므로 다소 번거롭지만, 이 덕분에 안전하다.

그리고 여기서 사업을 해본 분들은 이구동성 공무원 사회의 청렴을 인정한다. 크고 작은 뇌물죄를 저지른 사람 명단이 종종 언론에 등장하는 모습을 보면 집권자의 의지를 알 수 있다. 무엇보다 사람들이 착하고 선하다. 아프리카 모든 나라를 다녀보지는 못했지만, 경험이 많은 분들의 이야기를 종합하면 여기 사람들이 확실히 순박하고 온순한 편이다.

이런 장점을 살려 돌파구를 찾아낼 수 없을까 이런저런 궁리를 하던 중, 관광산업에 관한 기사 하나를 접했다. 최근 르완다의 관광산업이 커피와 차 등 주력 수출 상품을 뛰어넘어 외화 획득을 위한 가장 훌륭한 효자 산업으로 등극했으며, 가장 빠르게 성장하는 산업으로 부상하고 있다는 소식이었다. 현황이 궁금해 자료를 뒤져보니 아직은 갈 길이 먼 초기 단계이긴 하나, 잠재력에 불을 붙이면 상당한 성과를 낼 여지가 있다. 과연, 관광 부문은 지난 5년간 평균 12퍼센트씩 성장하고 있어 이 나라 평균을 웃돌았고, 호텔 등 관광산업에 대한 외국인 투자도 늘어나고 있었다.

## 고급 관광객을 유치하라

마이스(MICE)는 대형 국제회의(Meeting), 포상관광(Incentive trip), 컨벤션(Convention), 전시회(Exhibition&Event) 등의 이벤트 관광 산업을 말한다. 이런 행사가 이루어져 소비 성향이 높은 고급 관광객 수백, 수천 명이 동시에 입국하면 그 도시에서 숙박, 쇼핑 등 소비가 이루어지므로 그 연쇄 효과로 일자리 창출과 소득 증대를 꾀할 수 있는 매우 좋은 산업이다. 아울러 이런 관광객은 각 나라의 오피니언 리더이므로 입소문 파급 효과도 커 관광산업 진흥에 많은 도움이 된다. 현재 마이스 산업 순위는 아프리카 중 21위인 데다, 수입도 2013년 4천 9백만 달러에 불과하지만, 르완다컨벤션보드 자료를 보니 2016년까지 10위권 진입을 목표로 잡고 있었다. 마이스 참가 관광객은 일반 관광객이 지출하는 여행 경비의 세 배를 소비하는 객단가가 매우 높은 관광객이므로 이 산업을 집중 육성하기 위해 여러 나라가 경쟁하고 있다. 르완다에서 이렇게 공격적인 목표를 세운 근거는 두 가지다. 바로 키갈리 컨벤션센터가 공사 중에 있고, 곧 부게세라 신국제공항이 만들어진다는 사실이었다.

  하늘은 스스로 돕는 자를 돕는다. 옆에서 아무리 훈수를 두어도 본인들이 절실하게 원하고 투자하지 않으면 성과를 낼 수 없다. 르완다의 관광산업 책임자들은 관광사업을 육성하는 길도 알고, 계획도 이미 가지고 있었다. 다만 구체적인 방법론이 부실할 뿐이다. 컨벤션센터를 짓고, 공항을 만든다고 대형 국제회의와 전시, 국제 행사가 르완다에서 열리는 게 아니다. 그 나라에 가보고 싶은 명분이 있어야 하고, 회의를 유치할 실력과 민간 외교력도 갖춰야 한다. 각종 국제회의에서 차기, 차차기 회의 개최도시를 결정하는 과정은 거의 전쟁이다. 회의 장소가 쾌적하고 교통편이 편리하며, 그 도시 주변에 빼어난 경관 등의 관광 매력 요소가 있거나, 최소한 쇼핑에서라도 경쟁력이 있어야 한다. 요즈음은 그 도시 시장이 제안하는 회의 보조금 등 각종 인센티브까지 최종 판단에 결정적 변수로 작용하고 있다. 결론적으로 이 모든 조건이 어우러져야 하고 매력적인 브랜드가 형성되어 있어야 비로소 아프리카 내 수많은 도시를 제치고 르완다가 회의 장소로 선택될 수 있다.

  이 브랜드 측면에서 키갈리 시가 과연 흡인력 있는 인지도와 호감도를 가지고 있는지, 아니라면 최소한 이를 만들어낼 의지와 수단이 있는지는 냉정하게 판단해보아야 한다. 그래서 구글에 들어가 르완다, 르완다와 경제, 르완다와 관광이라는 키워드를 검색해보았다. 그 결과 제노사이드와 고릴라 관광이 르완다가 가진 현재의 브랜드라고 해도 과언이 아니라는 사실을 확인했다. 정보통신기술이나 굿거버넌스는 본인들의 희망일 뿐 아직 갈 길이 멀었다. 그렇다고 포기할 수는 없다. 없으면 만들어내야 한다. 서울시의 디자인 브랜드가 그랬다. 동대문디자인플라자(DDP)를 착공하고, 국제사회에 우리가 디자인에 시간과 노력, 돈을 투자한다는 메시지를 끊임없이 발신한 결과 '하이테크놀로지' 브랜드에 이어 다음 단계로 도약하는데 위해 꼭 필요한 '디자인' 브랜드를 만들어낸 것이다.

## 국가 브랜드를 구축하라

그러면 르완다 관광과 마이스 산업에 도움이 되는 브랜드는 과연 무엇일까. 이미 몇 번 언급했지만, 이 나라 현실과 가장 맞는 가치 있는 브랜드는 '화해와 공존'이다. 선진국일수록, 또 지식인 사회일수록 자본주의의 폐해인 부익부 빈익빈, 갈수록 심해지는 이기주의와 물질만능주의, 그 결과 점점 의미를 잃어가는 공동체 정신의 가치에 대한 향수로 화해와 공존의 의미가 커져가고 있다. 물론 이들이 지향하는 화해와 공존은 르완다와는 또 다른 측면이지만 르완다에는 그 의미를 형상화할 상징적 역사가 있다. 즉, 스토리텔링과 스페이스 마케팅을 할 수 있는 밑천을 가지고 있다는 이야기다. 그렇다면 어떻게 그 브랜드를 국제사회에 각인시킬 수 있을까.

첫째, 제노사이드부터 시작해야 할 것이다. 제노사이드는 국가 재원의 40퍼센트가 국제 원조에 의해 이루어지는 원조 경제하에서는 확실히 도움이 되는 브랜드다. 그러나 이는 단기적일 뿐 경제가 조금 나아져 산업으로 승부하는 대등한 관계에서는 오히려 부정적 이미지가 된다. 그러나 어차피 극복해야 할 역사다. 이 나라에 오면 누구나 한번쯤 가보는 제노사이드 박물관 옆에 '화해와 공존 박물관'을 세워 대학살의 초점을 폭력에서 화해와 공존으로 이동시키면 어떨까. 콘텐츠는 충분하며 폴 카가메 대통령의 혜안 덕분에 화해와 공존에 관한 한 든든한 정책적 경험까지 가지고 있다. 헌법상

명시된 화해 정신, 가차차를 통한 용서와 사회 통합, 국가통합화해위원회 주도의 인간도, 이토레로 등의 화해 정책, 종족별로 공평한 공무원 임용 등의 인사 정책, 제노사이드 피해자인 여성에 대한 배려와 사회 진출 정책 등 여러 가지 정책적 시도를 활용해 '스토리'를 발굴할 수 있는 사례가 무궁무진하다.

그런데 라이벌이 있다. 바로 남아프리카공화국이다. 아파르트 헤이트를 용서와 사랑으로 극복한 만델라 스토리를 가진 남아공. 그러나 남아공의 화해는 흑백 화해이며, 진실과 화해위원회는 한시적 기구였다. 그에 비해 르완다는 아프리카 특유의 흑흑 종족 갈등적 요소가 강하고, 모든 정책이 제도화되어 있다. 세상에 라이벌 없는 승부는 없다. 또 브랜드 전쟁에서 라이벌을 압도하면 더욱 강한 브랜드가 탄생한다. 그 승부에서 많은 어려움을 극복해가며 일군 성과들, 즉 아프리카에서 가장 높은 국가 경쟁력, 기업하기 좋은 나라, 굿거버넌스, 높은 청렴도 순위, 청결하고 안전한 나라라는 평가는 매우 유리한 요소다.

두 번째 장치는 조형물이다. 시내 두세 군데에 손에 손을 맞잡은 이 나라 민속 공예품이나 국가통합화해위원회 사무총장 사무실 탁자 위에 있었던 카누 목각 공예품 등과 같은 화해와 공존을 형상화한 예술적 조형물을 설치하는 것이다. 아프리카 특유의 재질과 색감을 살린 대형 조형물은 이 나라를 찾는 서구인들에게 오감을 통한 메시지를 주기에 매우 유용하다.

세 번째 장치는 화해 공원 조성이다. 르완다는 모든 국토가 언덕과 구릉이므로 이 지형 조건을 활용하면 아름다운 꽃 정원을 쉽게 만들 수 있다. 도시계획 규정상 경사도 20도 이상의 언덕은 어차피 택지로도 이용할 수 없는 공공 공간인데, 이런 곳이 키갈리 시내 면적의 31퍼센트를 차지한다.

■   제노사이드 박물관의 내부.

여기에 다양한 꽃을 심어 화해를 상징하는 공원을 여러 개 만들 수 있다. 또, 키갈리 시 면적의 19퍼센트를 차지하는 저지대 습지도 활용 가능하다. 이 고지대 경사지와 저지대 습지는 차로 시내를 이동할 때마다 전경을 올려다보고 내려다볼 수 있어, 디자인만 잘하면 아름답기로 유명한 세계적인 명물을 만들 수 있다. 이 나라 특유의 우무간다 노동력을 활용하면 공원 조성에 무리가 없을 것이다.

이는 사계절 꽃이 피는 온화한 날씨를 천혜의 조건으로 가지고 있기에 가능한 발상이며, 인건비가 낮아 유지 관리에도 많은 비용이 들지 않는다. 아프리카에서 가장 깨끗한 키갈리 시는 지금도 아프리카의 스위스라는 평가를 받는다. 여기에 더해 아름답고 매력적인 공간들이 적절히 배치된다면 다른 나라나 다른 도시가 모방하기 힘든, 세계적 수준의 매력 있는 도시, 주목받는 도시가 될 수 있다.

■ 키갈리 시내에 가까운 저지대 습지. 활용하기에 따라 도시 브랜드의 무궁무진한 밑천이 될 수 있다.


네 번째 장치는 이미 여섯 군데 만들어져있는 화해 마을의 관광 코스화다. 제노사이드 가해자로서 복역 후 출소한 사람들은 장기간의 복역으로 사회 적응이 힘들고 경우에 따라서는 학살 피해자가 사는 고향으로 돌아가기가 내키지 않을 수도 있다. 또 피해자 가족 중 생존자는 재산을 약탈당하고 극빈자로 몰락해 생계가 막막한 여성과 아이들이 대부분이었다. 이들을 위한 정착촌이 필요해 만들어진 화해 마을에서는 문자 그대로 실험적 성격의 동거가 교육과 함께 이루어지고 있다. 수년간 복역하고 나온 가해자가 그 성실성을 인정받아 마을 지도자로 선정된 사연을 담은 기사는 읽는 이의 마음에 잔잔한 감동을 주기에 충분했다. 경제적으로 어려운 이런 마을 사람들에게 수공예품 기술을 전수하여 생산기지화하고 판매점을 만들어 관광 코스화한다면, 스토리가 있는 관광지를 만드는 동시에 이들의 생계에 도움을 줄 수 있지 않을까.

이외에도 르완다의 근현대사와 지역적 사정에 밝은 관광, 브랜드 전문가로 팀을 꾸려 브레인스토밍을 하면 훨씬 좋은 브랜드 형성 전략과 방법론이 개발될 것이다.

### 화해 브랜드의 기대 효과

이렇게 해서 만들어진 화해 브랜드로 무슨 효과를 낼 수 있을까.

첫째, 국제정치적 위상이 높아진다. 지금까지의 경제·사회적 성과만으로도 폴 카가메 대통령은 르완다의 국력, 국세에 비해 국제사회에서 상대적으로 존경받는 인물로 평가된다. 아프리카 지도자 사이에서도 마찬가지다. 다만, 서구인의 민주주의 가치에 역행하는 권위주의 통치 성향이 집권 기간이 길어질수록 부담으로 작용하기 시작했다. 르완다 특유의 절박한 사정을 감안하지 않은 지극히 서구적 시각의 비판이긴 하지만, 이에 유연하게 대처해야 할 시점이 다가오고 있다. 2016년으로 예상되는 3선 개헌 시도가 현실화되든 되지 않든, 제노사이드 국가에서 화해 국가로의 이미지 변신은 긍정적 평가를 만들어갈 것이다. 3선 개헌은 그의 통치 기간 중 가장 큰 고비가 될 것이며, 이에 어떻게 대처하느냐, 어떤 정치적 선택을 하느냐에 따라 만델라 반열에 올라서느냐의 여부가 결정될 것이다.

둘째, 수출 상품 판로 개척 및 외국인 직접투자 유치 등 경제 여건 개선에 큰 도움이 될 것이다. 이 나라의 주력 수출 상품은 아직까지 1차 산업 제품인 커피와 차, 유제품 등에 머물고 있다. 이중 커피와 차는 기호식품으로서 소비자는 그 이미지를 사는데, 르완다가 가진 화해의 브랜드는 소비하고 싶은 고품격 이미지다. 여기에 대규모 농장에서의 대량 생산이 아닌 영세농가 텃밭에서 20~30그루를 가꿔 생산하는 품질 좋은 유기농 커피는 커피 한잔의 소비에서도 가격보다 품질과 의미를 찾기 시작한 선진국 소비자들에게 딱 맞는 브랜드 이미지다. 거기에 화해를 바탕으로 한 관광 브랜드 전략은 이미 시동이 걸리기 시작한 호텔과 리조트 투자의 방어쇠 역할을 할 것이다. 관광 인프라에 투자하는 전문가들은 미래의 시장 성장 가능성을 가장 중요시하는데, 그들의 투자 더듬이는 르완다 정부가 긍정적 브랜드를 주 무기로 하는 관광산업에 정책 우선순위를 둔다는 신호에 민감하게 반응할 것이다.

셋째, 이런 투자 변화는 마이스 산업 및 부게세라 신공항 사업과 상승작용을 일으켜, 이 나라 경제를 견인하는 삼각 시너지 효과를 창출할 것이다. 따라서 부게세라 신공항 사업은 르완다 정부가 사활을 걸고 추진해야 할 사업이다. 지금 시내와 가까운 낙후된 소규모 공항 부지를 부가가치 높은 신도시 부지로 활용함과 동시에 남쪽으로 30분 거리인 부게세라 지역에 동아프리카 내에서 가장 현대적이고 규모가 큰 허브 공항을 건설하겠다는 야심찬 계획이 준비 단계에 있다.

르완다에 오기 전에는 이 계획을 듣고 고개를 갸우뚱했으나, 이곳에 와 지금까지 현지 사정을 파악한 바에 따르면 이 사업은 다른 선택의 여지가 없는 필수 사업이다. 상식적인 사람이 이 나라 국력과 인구, 경제발전 단계, 기술 수준, 산업 환경을 종합적으로 고려하면서 처음 이 사업 계획을 접하면, 미안한 이야기지만 걷지도 못하는 갓난아기가 뛸 생각부터 한다며 냉소적으로 평가할 것이다. 그러나 지금까지 여러 번 언급했던 르완다의 정보통신기술 설비에 대한 투자와 그 진척 정도, 행정 서비스의 질, 국가 경쟁력 등이 큰 이점이 될 것이다.

그 사실을 감안하고, 무엇보다도 출구가 없는 척박한 산업 환경 아래서 역발상을 통한 도전적 목표 설정이 의외의 대안이 될 수 있다는 관점에서 본다면 다른 대안은 없다. 어렵기는 하겠지만, 나라의 모든 역량을 결집시켜 이 신공항 프로젝트를 성공시킬 때 단기간에 대도약할 수 있는 뜀틀이 마련된다. 꿈같은 이야기지만 만약 아프리카, 최소한 동아프리카를 방문하는 서구인들이 르완다를 허브 공항으로 이용하기 시작한다면 위에서 언급한 관광과 마이스 산업이 만들어내는 경제적 상승 효과는 상상을 초월할 것이다.

궁하면 통한다고 했다. 또, 소국의 강점은 기동성이다. 혜안을 발휘해 일찌감치 투자해둔 정보통신기술을 120퍼센트 활용해 신화를 창조하려면 역발상에 역발상을 해야 한다. 기적은 결코 불가능하지 않다.

넷째, 화해 브랜드 형성 작업은 국민 통합에 도움이 되며, 국민 통합은 여전히 이 나라의 절실한 국가적 과제다. 앞의 글에서 수차 언급했지만, 아래로부터의 진정한 국민 통합은 시간을 필요로 하는 난제 중의 난제다. 혹자는 상처를 역사로 기억하는 다음 세대가 되어야 비로소 진정한 국민적 화해가 가능할 것이라고 말한다. 상처가 내 몸에, 내 마음에 현실로 남아있는 사람들에게 화해는 너무 힘든 여정이다. 그러므로 더욱 노력하고 끊임없이 국민적 동의를 얻어가야 한다.

이제, 1막을 접고 2막 1장의 커튼을 걷어 올릴 때다. 여기에 이 국가적 과업이 실질적으로 기여하기를 바란다.

# 좋은 사람들

2014. 10. 21(화)

이제 갓 성년의 문턱에 들어선 두 젊은이를 보며 나는 그 나이에 무엇을 생각했나 회상해보았다. 대학에 막 입학해 진로를 놓고 고민하던 때 같다. 우리 남매를 키워 대학에 보내는 것조차 힘겨워하는 부모님을 보며 어떻게 하면 가난에서 벗어날 수 있을까만 생각했다. 대학교 1학년 때 10.26 사태가 터졌고, 2학년 때 신군부 집권이 시작되었으니 당연히 암울한 사회 분위기 속에서 고민과 갈등도 있었다. 하지만 늘 생활고로 힘들어하는 어머니, 부도가 거의 정기적으로 반복되어 월급이 나오지 않을 때가 더 많은 건설회사에 목을 매고 있는 아버지를 보며 불투명한 우리 가족의 장래가 가장 큰 고민이었다. 매 학기 등록금을 낼 때마다 벅차하는 부모님을 돕기 위해 과외 아르바이트를 하며, 그렇게 정신없이 청년기를 보냈다.

그런데 이 두 젊은이는 달랐다. 대학교에서 비서학과 1학년 한 학기를 마치고 1년간 해외봉사를 나왔다는 신희지 양에게 장래 희망을 물었다. 당연히 '국제개발원조 관련 일이나 국제기구에서 일하고 싶어 하겠지.'라고 생각했는데 대답은 의외였다.

"전공을 살려 취직해서 비서 일 열심히 하면서 살아야죠."

세상을 보는 눈이 우리 때와는 달라도 많이 다르다. 정말 건강한 사고를 하고 있다. 신희지 양의 흥미로운 대답에 몇 가지를 더 물어보았다.

"그럼 지금 여기 와있는 이유는 뭐니?"

"지금이라야 부담 없이 어려운 사람 도울 수 있잖아요."

이번에는 열아홉 살 유화연 양에게 물었다.

"몇 학년이니?"

"검정고시했어요. 대학은 생각 없어요."

"그럼 검정고시는 왜 했어?"

"그건 해두어야 할 것 같아서요."

"여기 온 이유는 뭐니?"

"저는 평생 봉사하면서 살고 싶어요. 봉사가 좋아서."

"부모님이 선뜻 동의하셨니?"

"처음엔 반대하셨지요. 그런데 이젠 오히려 도와주세요. 경제적인 도움을 받는 게 죄송하지만. 아빠가 김치를 보내셨어요. 그런데 보낸 지 한 달 되어 가는데 아직 찾지를 못했어요. 호호."

"제일 힘든 게 뭐지?"

"벌레랑 쥐요. 그래도 벼룩은 아직 없어요."

더 이상 물을 것도 없었다. 몸과 마음이 모두 건강한 이 젊은이들에게 우리가 가르칠 것은 더 이상 없었다.

■ 스무 살 신희지 양과 열아홉 살 유화연 양. 두 젊은이의 꿈과 사랑이 익어가는 나눔터, 유치원 앞이다.

내 블로그에서 주고받은 글이 오늘 이곳에 방문하는 계기가 되었다.

〈신희지 양에게 받은 글〉

굿피플 르완다 봉사단원 신희지입니다. 우선 메일을 너무 늦게 보내드려 죄송합니다. 현지 직원과 신발 치수를 조사하느라 이제야 메일을 쓰게 되었습니다. 저는 아동 결연 사업을 하고 있습니다. 크게 두 분야로 나눠 아동 후원과 지역 개발을 하지요. 아동 후원은 의료보험, 학비, 급식, 생필품 등을 298명 아동에게 지원하고, 정기적으로 후원자에게 감사 편지와 크리스마스 편지, 연간 보고서를 작성합니다. 지역 개발로는 유치원 화장실 공사, 학부모 문맹 퇴치 프로그램을 진행했습니다.

어린이들에게 신발을 지원해주셔서 정말 감사하고 기쁩니다. 처음 전화를 받았을 때 꿈인가 생시인가 했습니다. 아이들에게 신발을 나눠줄 장소는 카나지, 냐마타 타운, 부게세라 지역에 자리 잡고 있고, 페파 카나지 교회입니다. 유치원 앞에 교회가 있어 넓은 공간을 이용할 수 있기 때문입니다. 일시는 10월 21일 화요일 오전 9시 괜찮으십니까? 신발 치수는 파일에 첨부했습니다. 다시 한 번 메일을 늦게 보내 죄송하고 우리 어린이들 위해 신발을 지원해주심에 감사드립니다.

〈며칠 전 내가 보낸 답장〉

신희지 양! 메일 잘 받았습니다. 당일 날 출발하면서 오전 8시경 전화해 현지인 운전사를 바꿔줄 테니 현지인에게 그곳 위치를 설명해주세요. 그러면 마중 나오는 수고를 덜 수 있을 겁니다.

죄송하지만 신발은 치수에 모두 맞추기가 불가능합니다. 한 팩에 120켤레가 포장되어있는데, 사이즈와 색깔이 골고루 들어있습니다. 나누어줄 때 적절히 안배하기 바랍니다. 이미 설명한 것처럼 승용차 뒷 트렁크 용량상 두 팩을 가져가겠습니다. 참고로 모두 운동화가 아닌 우간다산 슬리퍼입니다. 현물 지원은 아프리카에서 생산된 것으로 하는 것이 아프리카 경제와 산업을 돕는 길이라는 원칙 때문이고, 더 좋은 중국산 같은 것은 집에 모셔두고 신기지 않는 가정도 있고 팔아버리는 경우도 있다고 해 우간다산으로 구입해오고 있습니다.

메일 내용을 보니 우리가 도착하면 그 자리에서 나누어줄 예정으로 보이는데, 그렇게 하지 않았으면 합니다. 생각보다 무질서해지는 경향이 있거든요. 또 이들에게 공짜 심리를 가지게 하는 것은 좋은 원조 방식이 아니라고 생각합니다. 조용히 신희지 양에게 전달하고 돌아올 테니 나중에 공부를 잘한 아이들이나, 스스로 무언가를 해낸 아이들에게 상으로 주면 더 좋겠습니다. 물론 가난한 아이들에게 주어도 됩니다. 그러나 명분은 늘 공짜가 아닌, 자기 노력에 대한 대가라면 바람직할 것입니다.

간 김에 굿피플 봉사활동 내용과 진행 과정상의 어려움 등에 대해 간단한 설명을 듣고 난 후, 혹시 봉사 현장이 있다면 함께 둘러보았으면 합니다. 출발할 때 전화할게요.

오세훈 드림

위     슬리퍼 240컬레, 노트와 볼펜 각 240개를 전달했다.

아래    생후 6개월도 안 되어 보이는 아기를 열 살 정도 된 언니가 돌보는 게 안쓰러웠는지, 유화연 양
        이 대신 돌봐주었다.

■  두 젊은이에게 양해를 받고 그들이 지내는 방에 들어가보았다. 르완다에 조금 먼저 온 신희지
양 방은 제법 살림이 갖추어져있었는데, 9월 초에 온 유화연 양의 방은 어설프기 그지없었다. 모
기장이 없어 매일 밤 헌혈하는 것이 일상일 텐데도 화연 양은 그저 웃기만 한다. 그나마 사무실
겸 생활공간으로 쓰는 집이 안전해 보여 마음이 놓였다.

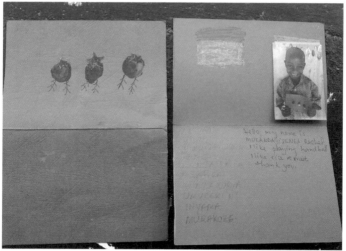

■　기독교 NGO 굿피플 소속인 두 젊은이는 마을의 아이들과 국내 후원자들을 맺어주는 활동을 지
　　원한다. 아이들의 후원자가 되면 수혜 아동과 이런 앙증맞은 감사 편지를 주고 받으며 정을 나
　　눌 수 있다. 월 3만 원의 후원금은 수혜 아동의 의료보험료 및 학비, 학용품, 생필품, 먹거리 구
　　입 등에 쓰인다.

# 아프리카를 위협하는 모래벼룩

2014. 10. 23(목)

글을 쓰려고 앉으니 온몸이 스멀거린다. 그렇지 않아도 온몸이 모기와의 전투 흔적인데, 손이 몸 여기저기를 이동하느라 바쁘다. 우기가 되자 모기가 엄청 불어나 방 안에서만 하루 평균 서너 마리를 잡고, 늘 한두 군데 정도를 물리며 산다. 창문은 늘 닫아놓고, 집 안 화장실 하수구 덮개조차 플라스틱 널빤지로 막아놓는데, 도대체 어디로 끊임없이 들어오는지 알 수가 없다. 옆방의 최 자문관과 전기 모기채를 놓고 벌이는 쟁탈전(?)이 지겨워 하나 더 사기로 했다.

그러나 지금은 모기 물린 상처 때문에 스멀거리는 것이 아니다. 오늘 CNN에서 르완다와 케냐 등 사하라 이남의 중남부 아프리카 지역에 모래벼룩이 기승을 부려 수백 만 명이 신체적 고통을 넘어 생계까지 위협받고 있다는 기사를 다루었다. 궁금해서 자료를 찾아보니 그 피해가 생각보다 심각했다. 사실 르완다로 오면서 맨발의 아이들에게 신을 신기겠다고 생각한 것은 기생충이 발로 들어가는 일도 있다는 정도의 이야기를 어렴풋이 들었기 때문이다. 아프리카에는 우리가 상상도 못 하는 세균이나 기생충이 많다는 막연한 지식에 머물렀지, 그 구체적 피해는 전혀 알지 못했는데 오늘 기사 덕분에 구체적 피해 사례를 실감했다.

위키피디아와 의학사전을 찾아보니 모래벼룩에 대한 상세한 설명이 나왔는데 치료법은 파내는 방법밖에 없다고 한다. 유투브에서 치료 영상을 찾아보았는데 징그러워 계속 보기가 고통스러웠다. 모래벼룩은 흙이나 모래 속에 살다가 사람, 소, 양, 말, 돼지, 개 등 온혈 포유류의 발로 파고들어 피를 먹고 기생하며 알을 낳아 번식한다. 감염된 부위는 새까맣게 변하는데, 매우 가렵고 고통스러우며, 파상풍 등 2차 감염의 원인이 된다. 고통을 못 이긴 사람들이 스스로 감염 부위를 절단하는 일도 있으며, 2차 감염으로 사망에 이르는 경우도 적지 않다. 벼룩 종류 중에 가장 작은, 1밀리미터도 안 되는 녀석이 끼치는 피해는 간과할 수준이 아니었다.

감염된 사람들은 노동력을 잃어 밭일을 할 수 없게 되고, 치료비를 벌 수 없을 정도의 빈민으로 전락한다. 간단한 약조차 살 수 없고 의사의 진료를 받기 위해 먼 거리를 걸어서 이동하기도 불가능하므로 악순환의 고리에 빠지는 것이다. 지역에 따라 수만 명씩 감염될 정도로 광범위하게 퍼져있어서 매년 주기적으로 뉴스에 나왔을 텐데도 그동안에는 이런 사실을 전혀 모르고 있었다.

사실 에볼라의 경우는 치사율이 50퍼센트가 넘고 전염력이 강해 서구 문명사회를 위협하는 지경에 이르렀기 때문에 순식간에 전 세계적으로 경계의 대상이 되었지만, 아프리카에는 이런 종류의 질병과 감염이 수도 없다.

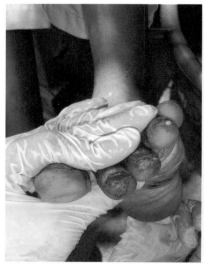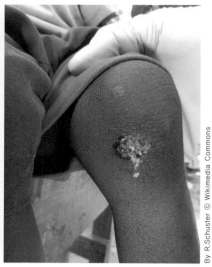

By R.Schuster © Wikimedia Commons

■    모래벼룩으로 인한 피해는 신발만 제대로 신어도 예방할 수 있다.

많은 사람이 원인도 모른 채 장애를 안거나 죽어가고 있다.

신발만 신어도, 감염된 지역에 살충제만 뿌려도 간단히 예방할 수 있는 고통과 피해를 원인도 모른 채 숙명처럼 감수하며 살아가는 아프리카 사람들. 이들을 위해 무언가 해주고 싶어도, 내가 하고 있는 것은 고작 일주일에 240켤레의 슬리퍼를 전달하는 정도라는 사실에 무력감이 드는 슬픈 하루였다.

# 기호께의 자랑스러운 딸

2014. 10. 30.(목)

기호께 마을의 새마을운동은 매우 성공적이다. 전임자들 덕분에 이미 논이 30헥타르 만들어졌고, 지금도 계속 넓혀가고 있다. 가축은행 사업도 돼지 76마리, 염소 85마리를 각 가구에서 키우고, 어미 돼지 매입을 위해 대출해 준 대출금 상환율이 80퍼센트에 달한다. 처음에 반신반의하고 잘 따르려 하지 않던 현지인들이 이제는 서로 돼지를 키우고 싶어 한다니 대성공이다.

배수정 단원(환경영향평가 전문가)이 이곳에 온 지는 3개월. 1남 3녀 중 셋째인데 아빠가 뜻대로 하는 것은 마지막이라는 조건하에 르완다행을 허락했단다. 아버지의 심정에 120퍼센트 공감이 되지만, 아마도 이렇게 어려운 환경에서 억척스럽게 보람을 일궈가는 모습을 보면 정말 자랑스러워할 것 같다. 무엇보다 사람들이 순박해서 일할 만하다는 배수정 단원의 목표가 꼭 달성되길 바란다.

이승소 팀장은 대구시청에서 정년퇴직하고 왔고, 이창현 단원(벼농사 담당)은 이미 방글라데시에서 6개월 교육사업 봉사를 하고 이곳으로 왔단다. 밥해 먹는 것이 가장 힘들다는 이 단원은 유엔이나 NGO에서 국제개발협력 전문가로 성장하고 싶은데, 아버지의 반대가 극심해 걱정이란다. 하지만 이 방면의 취업 전망이 그리 어둡지만은 않다. 우리의 새마을운동은 이제 수년 내에 국제개발협력 분야의 독보적 존재로 각인될 것이다. 지금까지 서구 선진국들에 의해 수십 년 지속되어온 각종 개도국 원조 사업 중 단연 돋보이는 성과를 내고 있기 때문이다.

유엔개발계획(UNDP)에서도 하나의 독립된 개발 협력 모범 사례로 채택해 전파하려는 움직임이 있을 정도로, 새마을운동은 바람직한 원조 이념을 성공적으로 현실에 적용하고 있다. 일방적으로 퍼붓는 무상배급형이 아니라, 잘 움직이지 않으려는 주민을 참여시켜 결국 수년 만에 자발적으로 스스로를 돕는 체계가 안착되게 만드는 새마을운동! 가난을 확대 재생산하고 의존심만 키워왔다는 자체 반성을 하고 있는 선진 원조국들이 이제 그 비결을 벤치마킹하기 시작했다니, 자랑스럽고 놀랍다. 한창 심층 분석과 평가가 진행 중이므로, 조만간 지침서가 만들어지고 국제 원조사회에서 또 하나의 '메이드 인 코리아' 명품 원조 프로그램이 탄생할 것 같다.

이처럼 대한민국에는 벼룩에 물려가면서도 물러서지 않고 뛰고 있는 수많은 배수정, 수많은 이창현이 있다. 또, 그 뒤에는 개발 경험과 노하우로 무장하고 묵묵히 도와주는 수많은 이승소 팀장이 버티고 있다.

"전 세계 열한 개 개도국에서 뛰고 있는 수백 명 새마을 전사들 정말 존경합니다!"

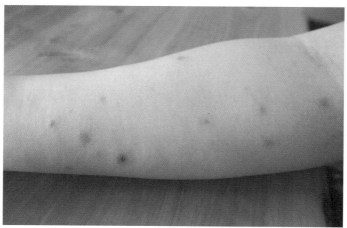

위      배수정 단원이 양돈농가 사람들, 수의사들과 회의를 하고 있다.
아래    대한민국에서 가장 예쁘고 자랑스러운 처녀의 팔. 딸 가진 아버지로서 미안하고, 안쓰러웠다.

■ 배수정 단원, 이창현 단원, 이승소 팀장과 함께.

# 청년이여, 밖을 보라

2014. 11. 2(일)

흔히 청년실업자 100만 시대라고 한다. 공식적으로는 29세 이하 청년층 실업자 수가 35만 남짓이다. 취업하지 못하는 이유는 매우 다양하다. 이력서를 수십 장씩 써보았다는 젊은층 미취업자들에게 이유를 물어보면 대부분 눈높이에 맞는 직장을 찾기가 쉽지 않아서라고 답할 것이다. 사실 기대 수준을 낮추고 어떤 직장에서든 생활비만 벌겠다고 작심하면 일할 수 있는 곳은 많다. 2014년 현재 상주 외국인 취업자가 85만이나 되고 이중 36만 명이 기능, 기계조작 및 조립 종사자, 25만 명이 단순 노무직, 10만 명이 서비스와 판매직인데, 관리 전문직은 9만 7천 명인 점을 감안하면 틀린 말은 아닐 것이다. 더욱이 이중 월 200만 원 이상 버는 임금근로자가 28만 명, 그중 월 300만 원 이상도 5만 명이 넘는다. 대졸 초임 연봉 3,000만 원에서 3,500만 원 정도의 경기 충청권 코스닥 상장사들조차 구인난을 겪고 있다니, 인력시장 미스매치의 원인을 새로운 각도에서 다시 생각해보아야 한다.

이를 위해 중소기업보다는 중견기업이나 대기업, 그보다는 공기업을 더 선호하는 취업 경향을 분석해 보면 젊은이들의 가치관을 미루어 짐작할 수 있다. 젊은이들은 일만 할 수 있으면 좋겠다는 마음으로 단순히 일자리만 구하는 것이 아니라, 안정적인 직장과 성취감, 여가를 동시에 얻기 원하는 셈이다. 이런 마음가짐을 탓할 수만은 없다. 직업 자체가 삶의 의미를 충족시켜주지 못한다면 여가라도 충분히 확보해 가족과 함께하는 시간, 자기계발을 위한 시간을 가지겠다는 심리를 잘못됐다고 비판만 할 수는 없기 때문이다.

한마디로 '매력적이지 않은 업무에 그 보수를 받고 내 청춘을 보내고 싶지는 않다.'라는 마음을 가진 실업자라면 절반은 자발적 실업자라고 볼 수 있다. 개발연대를 거쳐 온 많은 어른이 이런 젊은이들의 자발적 실업 상태를 보며 "배가 부르다."라고 비판하지만, 조금 더 깊이 들여다보면 젊은층이 하는 고민의 근저에는 '가치의 충돌'이 존재한다. 직업은 단지 생활비를 번다는 차원의 문제가 아닌 것이다. 즉, 직업은 정체성의 문제요, 존재 가치의 현실화이기에 쉽게 청춘을 던지지 못하고 망설이는 것이다. 사실 현대는 경험이 쌓이면 연관 직종으로 전직할 수 있는 커리어 노마드의 시대인데, 젊은이들은 이런 가능성을 낮게 보고 첫발을 내딛는 데 지나치게 신중한 측면도 있다.

그렇다면, 어떻게 해야 젊은층의 자존감을 충족시켜줄 양질의 일자리를 만들어낼 수 있을까. 우리 사회가 고민해야 할 문제다. 양질의 일자리가 꼭 고액 연봉이나 사내 복지가 보장되는 중견기업, 대기업만을 의미할까. 아마도 아닐 것이다.

## 가치지향형 직업 개발, 국가의 지원이 절실하다

젊은이들이 보람과 자존감을 추구할 수 있는 일자리는 국내보다는 외국에, 선진국보다는 개도국에 더 많다. 나는 이 생각을 아프리카에 와서 비로소 정리할 수 있었다. 많은 돈을 벌 수 있는 안정된 직장을 다니던 젊은이가 과감히 직장을 그만두고 아프리카로 날아와 최소한의 생활비와 열악한 환경 속에서 현지인과 피부를 맞대고 보람을 찾아가는 모습을 보면서 말이다.

이제 대한민국 젊은이들 중에는 이런 가치지향형 경력에 목말라하는 친구들이 늘고 있다. 이들이 간절히 취업하고 싶어 하는 유엔 및 유니세프, 유엔개발계획 등 수십 개의 유엔 산하 국제기구, 세계은행, 아프리카 개발은행 등의 직원 수는 수만에 이르지만, 여기에 들어가려면 어학 실력과 전문 분야의 경험 습득 등 많은 준비를 해야 한다. 그런데 현재의 대학 교육과정이 이런 수요에 부응할 정도의 프로그램을 제공하는지는 의문이다. 이제 겨우 몇몇 대학원 과정에서 유관 학과가 운영되는 수준이고, 학부 과정에서는 극히 일부 대학에서 시작하는 단계에 불과하다. 물론, 꼭 대학에서부터 체계적으로 준비하는 것이 필수는 아니지만, 30여 개에 이르는 국제학부에서 외국어와 국제개발협력에 특화된 교육을 체계적으로 준비시켜준다면 국제기구에 진출할 확률을 높일 수 있다.

그러나 꼭 이렇게 어려운 관문을 뚫고 국제기구에 취업하는 것만이 세계시민으로서 보람 있는 직업을 가지는 길은 아니다. 코이카 해외 봉사단은 물론이고 NGO 활동이나 각종 국제기구 해외 인턴 경험 등을 통해 꾸준히 해당 분야 취업에 필요한 조건을 충족시키다 보면, 자연스럽게 취업에 필요한 경력이 쌓이므로 이를 도와주는 국가의 지원이 절실하다.

이에 더해 우리 스스로 이른바 '국제 봉사 자격증' 제도를 만들어, 최소한의 어학 실력과 전문성을 갖춘 젊은이들에게 줄 필요가 있다. 그리고 이들이 일정 기간 동안 100여 개 개발도상국에 나아가 새마을운동을 펼치거나, 초·중·고등학교 혹은 NGO가 운영하는 야간학교 교사로서 자원봉사하며 그들이 필요로 하는 지식을 전수하면 우리에게 엄청난 자산이 될 것이다. 물론 이 경우에도 본인이 의료 보건이나 농업, 환경, 건축, 정보통신 기술 방면의 전문성을 구비하고 있으면 훨씬 유리하다.

이 과정을 통해 축적한 문화적 이해와 개발 경험은 국제기구 취업의 바탕이 될 수 있겠지만, 국내외에서 창업에 도전할 때에도 그에 필요한 판단력과 추진력의 엔진 역할을 할 것이다. 또한 자신들이 직접 경험한 일을 보고서나 책자로 남기도록 하면 지역학이 열악한 우리에게 좋은 지역 정보의 보고로 기능하게 될 것이다. 여기에 더해 이들이 봉사 기간 동안 축적한 지역 전문성과 인적 네트워킹은 개인적으로는 현지에 진출하는 우리나라 기업에 취업할 때 도움이 되며 국가적으로는 산업 진출의 플랫폼 역할을 할 수 있다.

여기에 소요되는 천문학적 파견 재원이 현실적으로 문제일 것 같지만, 그렇지 않다. 어차피 유엔 등 국제사회가 우리에게 요구하는 국민총소득 대비 공적개발원조(ODA/GNI) 예산 비율이 0.7퍼센트인데, 2014년 현재 0.16퍼센트에 머물러 있어 우리 정부가 2015년까지 약속했던 0.25퍼센트와도 상당한 차이가 있는 형편이다. 이 수치는 OECD 평균 원조비율인 0.3 퍼센트에도 훨씬 못 미치므로 현재 2조 3천 억 원인 예산을 수년 내에 배이상 늘려야 할 형편이다. 이러한 예산 증액이 개발원조의 여러 유형에 고루 분배되어야 하겠으나, 상당 비율을 인적자원 개발에 과감히 투자한다면 앞에서 언급한 일석 오조의 효과를 볼 수 있다.

다행히 우리 청년들은 일본 등 다른 선진국 청년들에 비해 훨씬 도전적이고 진취적이다. 이들의 이러한 열정과 도전 정신을 국내에서 취업용 이력서 수십 장을 쓰며 연소시키도록 할 것이 아니라, 세계로 나아갈 수 있도록 유도하고 장려해야 한다. 그리고 이를 정교하고 과감한 정책으로 뒷받침해야 한다. 역사적으로도 젊은이들이 과감하게 바다를 건너 해외로 진출한 나라에 미래가 활짝 열렸다. 관료적 발상의 소극적인 자세에서 벗어나, 연간 1만 명 이상의 젊은이를 지속적으로 내보내겠다는 도전적 목표가 필요한 시점이다.

# 개발원조도 산업이다

2014. 11. 9(일)

지난 주말에는 우리 젊은이들이 국제기구 및 개발원조 시장에 참여하는 데 정부가 어떤 도움을 줄 수 있을까를 고민했는데, 이번 주에는 보다 적극적으로 우리의 인적자원과 기업이 개발 협력 시장에 진출해야 할 필요성과 그 가능성을 생각해보았다(이 글에 나오는 현장에 관한 자세한 내용은 코이카 르완다 사무소 윤영준 전문직 행정원과 협업해 완성했다).

　정부 통계에 따르면 우리나라는 세계은행, 국제통화기금, 아시아개발은행, 아프리카개발은행 등 국제금융기구에 1~2퍼센트 정도의 적지 않은 지분을 보유하고 있지만, 국민 파견 비율은 지분 비율의 2분의 1에도 못 미친다. 2012년 유엔의 경우에도 분담금 비율은 11위인데 진출 인원수로 보면 62위에 머물고 있고, 유엔 산하 국제기구가 상품이나 공사를 발주하는 조달시장에서도 우리나라가 따낸 프로젝트 수주 규모는 최근 몇 년간 50위권 밑을 맴돈다. 분담금 규모에 따른 우대 원칙이 있는데도 이 정도라면 제 밥그릇도 찾아 먹지 못하는 셈이다. 실제로 미국, 영국, 독일, 프랑스, 일본 등 원조금 기여 비율이 큰 나라들이 조달시장에서도 상위권인 것은 당연하지만, 한국보다 기여분이 적은 나라들이 더 많은 수주실적을 보이는 것은 어떻게 설명해야 할까.

물론 개발도상국에 대한 국제 개발원조 시장에서 경제적 이익을 지나치게 추구하기에는 낯간지러운 측면도 있다. 그러나 기여한 만큼의 시장 참여조차 못 한다면 이것 또한 부끄러운 일이 아닐 수 없다. 실리 측면에서도 이 시장이 결코 무시할 수 없는 큰 시장이라는 사실에 주목한다면, 좀 더 깊이 연구하고 대안을 모색해야 한다.

개발원조위원회에 가입되어있는 28개 선진국들이 공적개발원조(ODA)라는 이름으로 2013년 개발도상국에 지원한 금액만 약 1,500억 달러, 즉 우리나라 1년 예산 전체의 절반 정도 되고 이 금액은 세계적 경기침체에도 불구하고 늘어나는 추세다. 여기에 세계의 시민과 기업이 기부한 금액까지 더해지면 개발에 투입되는 자금은 훨씬 더 많아진다. 전 세계의 개발도상국 정부, 공적개발원조 기관, NGO, 민간 기업, 학계 등은 이 자금을 통해 모두 함께 개발 산업을 일구고 있다. 즉 개발 산업은 전 세계에 걸쳐 형성되어있다.

이곳 르완다에서도 개발 산업은 전 국가에 걸쳐 이루어지고 있다. 르완다 정부가 중점적으로 개발하고자 하는 분야를 열거해보면 교육, 농업, 보건, 교통, 수도, 위생, 에너지, 청소년, 사회보장, 정보통신기술, 정의, 화해, 법과 질서, 환경, 도시, 농촌, 분권화, 거버넌스, 정부재정관리, 금융 등이다. 여기서 전 세계의 공적개발원조 기관이나 NGO 등은 더 광범위하거나 세부적인 분야에서 활동하기도 한다. 말하자면, 우리가 상상 가능한 대부분의 분야가 개발 산업에 걸쳐있다.

산업은 돈만 가지고 이루어지는 것이 아니다. 다양한 인적자원과 첨단 기술력 등이 함께 모여 형성된다. 개발 산업도 마찬가지다. 위에서 언급한 것처럼 수없이 많은 분야가 개발 산업을 구성하고 있는 실정이니, 이와 관련 있는 여러 이해 관계자가 개발 산업에 참여한다. 개발 산업에서는 이러한 이해 관계자를 개발 파트너라고 부르는데, 르완다의 상황에 비추어 몇 가지 이해 관계자만 분류해도 르완다 정부부처, 공적개발원조 기관, NGO, 학계, 민간 기업 등 사회를 이루는 거의 모든 집단이 포함된다.

## 개발 파트너의 역할

공적개발원조를 총체적으로 관리하기 위해서는 기관별로 전문 인력을 배치해야 한다. 이들은 주로 르완다 정부와 타 공여 기관과 함께 원조 방향에 대해 협의하고, 다양한 개발 이슈에 대한 정책 협의를 수행하며, 원조 사업을 기획하고 관리하는 등 여러 업무를 수행한다. 코이카 르완다 사무소에만 소장, 부소장, 분야별 공적개발원조 전문가, 봉사단 관리요원, 조사 연구원 등 총 20명이 이러한 업무를 맡고 있다.

공여 기관들은 르완다 정부와 협의해 수많은 개별 원조 사업을 기획한다. 그리고 개별 원조 사업을 진행할 다양한 인력들을 고용한다. 공여 기관이 원조 사업을 위탁하는 경우, 홈페이지나 신문 광고 등을 통해 공개적이고 공정한 절차인 '펀딩 콜(Funding Call)'로 위탁 업체가 선정된다.

코이카 르완다 사무소도 '정보통신기술 혁신 역량 강화 사업'이나 '야루구루 농촌종합개발 사업', '르완다 키추키로 종합기술훈련원 2단계 지원

사업' 등에서 공개 채용으로 관련 전문가들을 모집한 뒤 사업을 진행하고 있다.

공적개발원조 기관은 원조 사업을 NGO에 위탁하기도 한다. 예를 들어, 코이카 르완다 사무소도 굿네이버스, 열매나눔재단 등에 위탁하여 사업을 진행하고 있다. 르완다에서 정식으로 등록하고 활동하고 있는 국제 NGO만 무려 171개다. 그리고 옥스팜, 월드비전 등 세계적인 명성을 지닌 NGO들이 공적개발원조 자금을 위탁받아 진행하고 있는 사업의 규모만 연간 1,000만 달러 이상이다. 그래서 국제 NGO도 공정하고 공개적인 채용 절차를 거쳐 전문적인 활동가들을 모집하고 있다.

원조 사업은 민간 기업이나 대학과 같은 학계에 위탁되기도 한다. 가령 키갈리에서 모르는 사람이 없는 베이커리인 라즈만나도 한동대학교가 코이카의 지원을 받아 운영하는 사회적 기업이다. 민간 기업이 원조 사업을 운영하는 경우, 주로 컨설팅 기업들이 전문성을 지니고 개별 사업을 진행한다. 컨설팅 기업 중에는 개발에 특화된 컨설팅 회사들도 있다. 예를 들어, DAI는 1970년대에 미국에서 시작한 국제기업으로서, 현재 86개 국가에서 총 2억여 달러 규모, 160개 이상의 원조 사업을 운영하며 2,500명 이상의 직원을 보유하고 있다. 르완다에서도 미국의 국제개발처(USAID)의 사업을 위탁받아 두 개의 사업을 운영한다. 그 두 개의 사업 규모가 2,400만 달러 정도 되는데, 이를 위해 32명의 컨설턴트를 고용하고 있다. 이 국제 개발원조 관련 컨설팅 시장의 연 매출 규모는 우리 코이카의 1년 예산에 버금가는 금액이라고 한다.

때로는 수원국 정부가 공여 기관으로부터 사업을 직접 위탁받기도 한다. 최근 개발 협력 업계에서는 이러한 방식의 사업이 권장되는 추세다. 왜냐

하면 이 경우에 수원국 정부는 주인 의식을 가지고 사업을 성공적으로 수행하려 할 것이고, 공여 기관은 원조 사업이 투명하고 효과적으로 운영되도록 감시하고 지원할 것이기 때문이다. 나아가 이런 방식이 지속되면 수원국 정부는 국정 운영을 위한 역량을 견실하게 향상시킬 수 있다. 르완다 정부가 2012~2013년에 공적개발원조 자금을 위탁받아 직접 수행한 사업의 수만 133개이고, 그 자금 규모는 약 4억 4천 4백만 달러다. 그리고 르완다 정부가 원조 사업을 직접 수행할 때에도, NGO나 민간 기업의 경우와 마찬가지로 해당 원조 사업을 위한 인력을 따로 고용한다. 이렇게 고용되는 전문가나 직원은 주로 르완다인들이지만 필요한 경우, 외국인 전문가나 컨설턴트 등을 고용하기도 한다.

이 정도가 끝이 아니다. 지금까지 설명한 개발 파트너는 기껏해야 원조 사업을 기획하거나 관리하는 사람들에 대한 이야기다. 아직 개발 산업의 공적개발원조 자금이 거의 집행조차 되지 않았다. 유엔개발계획의 새천년마을개발사업(MVP)을 예로 들어보겠다. 이것은 아프리카 지역의 새천년개발목표(MDG) 달성을 위해 아프리카 10개국 80여 개 마을에서 진행되고 있는 사업으로, 『빈곤의 종말』의 저자로 유명한 제프리 삭스 교수가 자문을 맡고 있다. 새천년마을개발 사업은 총 10년간 빈곤한 농촌 마을에 교육, 보건, 농업, 식수, 환경, 에너지, 사회기반시설 등 개발 분야 전반을 지원한다. 이를 위해, 유엔개발계획은 사업 기획과 관리를 맡을 다양한 분야의 전문가들을 고용했다. 그다음은 학교, 보건소, 우물, 관개시설, 도로, 전기 시설망 등을 건설해야 하고, 교육, 보건, 농업, 송전, 관개 등에 필요한 자재를 구입해야 하며, 교육 서비스, 보건 서비스 등을 제공해야 한다. 다시 말해, 개발 사업은 수없이 많은 분야의 조달을 필요로 한다.

개발 산업에서 조달의 원칙은 국제 경쟁 입찰이다. 전 국토를 잇는 고속 도로나 철도 건설, 교육용 컴퓨터 보급, 사이버 보안 체제 구축 등 실로 다양한 분야에서 원조 사업 관련 국제 경쟁 입찰이 진행되고 있다. 결국, 개발 파트너들은 공여 기관, 국제 NGO, 재단, 학계뿐 아니라 전 세계의 모든 민간 기업일 수 있다. 그러므로 개발은 전 세계에 걸쳐 형성되어있는 산업이요 시장이라 단언할 수 있다. 우리나라도 점점 더 많은 전문가와 젊은이들이 개발 산업에 참여하고 있다. 그렇지만 위에서 살핀 것처럼 우리의 참여가 최소한의 분담 비율에도 미치지 못하는 것은 몹시 아쉬운 대목이다.

개발은 전 지구적인 산업이자 역사적 사명이다. 우리나라가 산업화 시대에 그랬던 것처럼, 개발도상국들에게는 문자 그대로 개발이 지상 목표다. 그리고 이는 우리 젊은이들과 기업에게 활짝 열려있는 시장이다. 이 시장에서 선진 원조 공여국들의 경쟁력은 오랜 국제 개발 협력과 원조를 통해 축적된 지역학과 지역 문화에 대한 깊은 이해에서 비롯된다.

이에 비해 우리의 공적개발원조 역사는 일천하다. 그러므로 더욱 열심히 밖으로 나와야 한다. 나와서 부딪쳐야 한다. 피부로 부대끼며 쌓아올린 노하우가 결국 큰 밑천이 될 것이다. 우리는 적극적이고 공격적인 세계화를 통해 여기까지 왔다. 다음 단계로의 도약 역시 낮은 곳에 임하여 몸으로 부딪치는 따뜻한 세계화, '인간의 얼굴을 한 세계화(human-globalization)'로부터 시작해야 할 것이다.

# 진정 아프리카를 위하는 원조

2014. 11. 19(수)

남미를 거쳐 아프리카까지 와서 자문 업무를 수행하며, '개발 협력'이라 부르는 개도국 개발원조의 효과성에 대해 많은 생각을 해왔다. 지난 50년간 선진국들은 2조 달러 이상의 원조금을 쏟아부어 빈곤국을 도와왔고 그 최대 수혜자는 아프리카였지만, 효과는 늘 기대 이하였다. 기대했던 효과를 내지 못했다는 비판을 넘어 빈곤의 악순환을 고착화시키고 오히려 성장 기반을 허물었다는 반성이 불거지는 이유는 무엇일까.

2007년 9월 르완다의 폴 카가메 대통령은 『타임』과의 인터뷰에서 이렇게 말했다. "1970년대부터 아프리카에 제공된 3,000억 달러 이상의 원조금은 사실상 거의 도움이 되지 않았다. …… 원조의 대부분이 아프리카 대륙의 진정한 개발에는 관심이 없고, 자신들의 이익에 맞는 여러 유형의 정권을 세우고 유지하는 데만 쓰였기 때문이다."

가장 직설적이고 진솔한 비판이었는데 최근 이런 정치적 목적의 원조는 줄고, 원조의 방법론이 잘못되었다는 반성이 설득력을 얻고 있다.

앞에서도 짧게 설명한 바 있지만 『죽은 원조』의 저자 담비사 모요는 아주 인상적인 예를 들어 원조 효과성과 방법론에 관한 논쟁에 불을 붙였다. 한때 아프리카에 모기장 보내기 캠페인이 벌어진 적이 있고, 일부 지역에서는 아직도 계속되고 있다. 이 사업은 한 해 수십 만 명의 아프리카 사람을 죽음에 이르게 하는 말라리아의 매개체인 모기로부터 생명을 구하는 멋진 사업이다.

그런데 일이 예상치 못한 방향으로 흘러갔다. 외제 모기장이 시장에 흘러넘치면서 아프리카 모기장 제조업자들이 모두 망한 것이다. 모기장 공장에서 근무하던 수많은 사람은 직장을 잃었고, 그 가족들은 더 심각한 가난에 빠졌다. 더욱이 배포된 모기장은 시간이 흐르면서 대부분 찢어지고 망가져서 사용할 수 없게 된다. 그런데 모기장을 계속 공짜로 나누어줄 수는 없는 법이다. 그러니 이후의 일까지 생각한다면 진정으로 도움이 되는 방법이 무엇인지 분명해진다. 사실 더 재미있는 것은 실제로 현장을 다녀보면 극심한 빈곤에 시달리는 현지인들은 언제 있을지 모르는 말라리아 감염보다 당장 먹고살 걱정이 앞선다. 그래서 모기장을 시장에 내다 팔기도 하고, 심지어 낚시 도구로 사용하기도 한다.

어떤 원조 사업이 벌어지고 난 직후 그 사업 현장만 보았을 때는, 원조 효과가 늘 멋져 보인다. 그러나 넓고 길게 관찰하면 엄청난 부작용을 발견할 수 있다. 현미경으로 들여다보면 잘한 일처럼 보이는데, 망원경으로 전체를 조망하면 부작용이 더 큰 경우가 세상에는 얼마든지 있다. 그렇다면 돕지 말아야 하나? 그렇지는 않다. '잘' 도와야 한다. 그래서 남 돕는 일이 힘들다는 것이다.

요즘 나는 잘 돕는 방법에 대한 과외를 받는다. 코이카 윤영준 전문직 행정원과 원조 효과성 증진 방안을 토론하는 것이다. '개발원조도 산업이다.'라고 했는데, 이곳 시장 작동 원리에 대해 잘 모르니 현장 업무 경험이 많고 이론적으로 무장되어있는 젊은 친구에게 배워야 하지 않겠는가. 원조를 산업으로 보는 시각이 늘어나면서 최근 '원조 효과성' 이야기가 자주 나오고, 그 덕분에 이른바 '성과 프레임워크'가 개발원조의 키워드로 등극했다.

## 성과 프레임워크란

성과 프레임워크는 한마디로 개발 사업의 '설계 도면'이다. 실제로 개도국 정부, 국제기구, 공여국 기관, NGO 등에서 사용하는 수많은 개발 사업 문건에는 모두 이 성과 프레임워크가 반영되어있다. 성과 프레임워크는 언뜻 보면 복잡하지만 핵심을 이해하면 아주 단순한 구조다. 개발 협력 재원인 인풋을 통해 개발 활동을 수행하면, 세 단계로 구분되는 성과인 아웃풋, 아웃컴, 임팩트라는 결과물이 순차적으로 발생한다는 것이다.

옆의 표를 보면, 영국 공여 기관인 영국 국제개발부(DFID)가 5천 5백만 파운드의 원조 예산을 가지고 르완다에서 벌이는 교육사업의 목적과 프레임워크 과정을 일목요연하게 파악할 수 있다. 영국은 이 원조 사업을 위해 5천 5백만 파운드 상당의 예산과 기술 지원을 할 교육 전문가를 준비했다(인풋). 그걸로 학교가 없는 지역에 학교를 세우고, 교육 자재를 보급하며, 사범대학 교과 과정을 지원했다(원조 활동). 이러한 원조 활동은 단기적으로 공교육에 대한 접근성을 강화하고, 공립학교 내 자격 교사의 수를 증가시켰다. 즉 학교가 없는 지역에 학교를 건립하고 교육 자재를 보급하니,

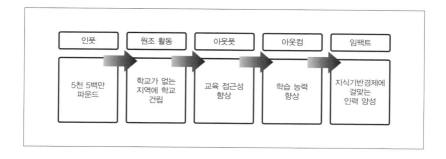

| 인풋 | 원조 활동 | 아웃풋 | 아웃컴 | 임팩트 |
|------|----------|--------|--------|--------|
| 5천 5백만 파운드 | 학교가 없는 지역에 학교 건립 | 교육 접근성 향상 | 학습 능력 향상 | 지식기반경제에 걸맞는 인력 양성 |

학교가 멀거나 교재나 필기구가 없어서 학교를 가지 않던 아이들이 학교로 돌아온다(아웃풋 1). 또 사범대학 교육의 질이 높아지니 자격을 갖춘 교사의 수가 늘어난다(아웃풋 2). 이러한 단기적 성과는 시간이 지나면서 아이들이 공정한 공교육을 받도록 하고 나아가 학습 능력을 높여줄 것이다(아웃컴). 나아가 장기적으로는 르완다가 나아가고자 하는 지식 기반 경제 사회의 인력을 양성하는 결과를 가져온다(임팩트).

이처럼 개발 파트너들은 인풋을 가지고 원조 활동을 수행할 것이다. 이 원조 활동의 즉각적 산출물이 바로 아웃풋이다. 이러한 아웃풋들이 모여 중기적인 변화를 가져오는데, 그것이 바로 아웃컴이다. 아웃컴 단계의 성과가 바로 해당 원조 사업을 수행하는 구체적인 목적이라 할 수 있다. 즉 아웃컴 성과는 원조 활동을 통해 이루고자 하는 주요 목표다. 그래서 아웃컴 목표의 달성 여부가 사업의 성공 여부를 결정한다고 볼 수 있다.

마지막으로 아웃컴 성과는 장기적인 변화를 가져온다. 바로 임팩트다. 임팩트 성과는 국가가 개발하기 위한 조건을 향상시킨다. 예를 들어, 아이들의 학습 능력이 향상되면 장기적으로 그 아이들은 지식기반경제에 걸맞은 인력으로 자랄 것이다. 그렇지만 이러한 장기적 변화는 수많은 외부 요인에 영향을 받을 수 있기에, 원조 사업이 달성하고자 하는 직접적이고 구체적인 목표는 아니라고 할 수 있다.

이렇게 세 단계의 성과 목표를 추구할 때에는 언제나 그 성과를 정확히 측정할 수 있는 지표가 마련되어야 한다. 그래야만 객관적인 평가가 가능할 테니까. 그리고 이를 위해서는 개발 사업이 시작되기 전 상황을 보여주는 데이터도 있어야 하고, 달성하고자 하는 목표도 명확해야 할 것이다. 뿐만 아니라, 그 데이터가 신빙성을 지니려면 데이터의 출처도 확실해야 한다. 또 해당 개발 사업으로 목표 성과를 달성하기 위해 유지되어야 하는 정치·사회·경제적 상황 등도 정확히 파악되어야 할 것이다. 성과 프레임워크는 이러한 필수 정보를 모두 포함하고 있다.

성과 프레임워크는 개발 사업이 목표로 하는 성과를 가장 논리적이고 인과적인 방식으로 배열하고, 이를 달성하기 위한 가장 효율적인 원조 활동을 선정할 수 있도록 도와준다. 그래서 정부나 원조기관, NGO 등이 기획한 개발 사업의 성과 프레임워크만 살펴보아도, 그 사업의 핵심 구성 요소나 목표뿐 아니라 장점이나 단점, 혹은 위험요인까지 찾아낼 수 있다. 예를 들어 위에서 언급한 사례의 성과 프레임워크를 살펴보면, 해당 개발 사업은 아웃컴 목표를 달성하기 위해 공교육 접근성을 향상시키고 공교육의 질을 높이려고 노력하지만, 원조 활동이 공교육의 질을 향상시키기 위한 노력보다 공교육 접근성을 위한 노력에 훨씬 더 치중되어있음을 알 수 있다. 또한 목표 성과를 달성하기 위해 너무 많은 원조 예산을 투입하는 측면이 있다.

한편 성과 프레임워크는 단순한 개발 사업이 아닌 사업 관리를 위한 수단으로도 활용된다. 최근 개발 사업의 성과를 모니터링하고 평가하는 전문 인력들이 굉장히 많이 고용되고 있다. 이들은 주로 성과 프레임워크를 기반으로 모니터링 및 평가를 수행한다. 다시 말해 성과 프레임워크의 원조 활동이 적절히 수행되었는지, 사업 성과를 위한 전제에 변화는 없었는지, 성과 프레임워크의 논리 자체에 문제는 없었는지 등을 검토하고 평가한다.

결국, 성과 프레임워크는 개발 협력 과정에서 이용되는 공통의 방법론이라고 할 수 있는데, 일종의 성과관리 시스템이라 할 수 있다. 그러므로 우리가 개발 산업에 적극적으로 참여하기 위해서는 성과 프레임워크를 제대로 이해하고 구사할 수 있어야 한다.

### 우리가 준비해야 할 것은?

지금까지 설명한 것을 살펴보면 아주 재미있는 현상을 발견할 수 있다. 원조 사업 참여자보다 오히려 개발 협력 시장 참여자의 수가 더 늘고 있지 않은가? 과거에는 많이 주는 것이 최대 목표였는데 이제는 조금 주더라도 '잘' 주려는 문화가 형성되었다. 다시 말해 인풋부터 임팩트까지의 제반 요인을 미리 살피고 연구함으로써 성과 프레임워크를 철저히 따져 사업을 기획하려다 보니 컨설팅과 준비 과정이 필요해졌고, 사업 기간 동안 원조 효과성을 끊임없이 모니터링하며 관리하기 위해 모티터링 및 평가 인력이 필요해진 것이다.

결과적으로, 개발 협력이 과연 효과가 있었느냐는 비판이 대두된 뒤 준비부터 마무리 단계까지의 업무 처리가 더 복잡해지고 그만큼 고용 인력이 늘어나면서 행정 비용이 더 증가한 셈이다.

내 관심은 요즈음 개발 협력 산업 시장에서 벌어지는 이런 구조적 변화가 우리나라에 어떤 기회가 될 것이며, 어떤 식으로 현명하게 대처해 국제사회의 존경을 받으면서도 실리를 취할 수 있을까에 모아져있다. 물론 두 마리 토끼를 다 잡기란 쉽지 않다. 그러나 변화를 정확히 읽고 미리미리 준비하면 '존경받는 나라, 품격 있는 나라' 브랜드를 만들어가는 것이 결코 어렵지만은 않을 것이다.

# 한국어 경연대회

2014. 11. 26(수)

르완다인들을 대상으로 하는 한국어 경연대회가 대사관에서 열린다기에 잠시 들렀다가 그만, 푹 빠져버렸다. 많이 웃기도 했지만 순간순간 눈가에 이슬이 맺히기도 했다.

동남아와 달리 아프리카는 아직 한류나 한국어 공부 열풍이 미미하다. 이곳 토착어인 키냐르완다어에 더해 영어나 불어 중 하나만 구사해도, 공부를 많이 한 사람이다. 이런 곳에서 제1회 한국어 경연대회가 열렸으니, 왜 흥미롭지 않겠는가. 말하기 주제는 한국과 관련된 모든 것이었는데 참가자 11명 중 제한 시간 5분을 지켜 제대로 내용을 전달한 사람은 5명. 그중 1등을 차지해 아이패드를 받은 친구는 '하우스 보이'라고 불리는 24세의 가사도우미 청년 '숨부쇼 올리버'다.

석 달 전 르완다에 들어와 무산제의 초등학교에서 과학을 가르치는 코이카 봉사단원 송신철 선생의 지도를 받으며 한 달간 준비했다고 하는데, 이야기 주제는 '식혜 만들기'였다. 직접 만들어온 식혜 병을 꺼내들 때부터 청중들은 웃음보를 터뜨렸고 만드는 방법을 설명하는 내내 화기애애한 분위기가 계속됐다. 송 선생은 식혜를 돌리며 분위기를 돋우었다. 직접 썼다는 글씨체는 정말 또박또박했다. 송 선생 전임자로부터 식혜 만드는 법을 배웠고 송 선생이 설명법을 열심히 연습시켰다는데, 오늘 우승은 아이디어가 반짝이는 주제 선택과 교수법의 승리였다.

2등 상인 휴대전화 역시 한국인 집에서 하우스 보이를 하며 말을 배웠다는 24세 청년 사무엘에게 돌아갔다. 가난한 집안에서 태어나 일찍 부모를 잃은 이 청년이 어렵게 중고등학교를 졸업하고 대학 진학의 꿈을 키우는 이야기는, 듣는 이들의 가슴을 뭉클하게 만들었다.

3등 상인 디지털카메라는 무산제 김영모 선생의 지도를 받은 2명의 여대생에게 돌아갔다. 한국의 발전을 배우고 싶다는 내용과 드라마를 통해 알게 된 한국의 가족관계에 대한 묘사를 제법 익숙한 우리말로 하는 것을 들으며 이들이 1등이 아닌가 했는데, 심사진들의 마음은 역시 열악한 환경에서 주경야독한 친구들에게 더 쏠린 것 같다.

이들은 수상 결과와 무관하게 김영모 선생과 우리나라 가요 「만남」을 불러 청중들을 즐겁게 했다. 이외에도 열심히 준비했지만 긴장한 탓인지 준비한 것을 다 소화해내지 못하고 "까먹었어요.", "죄송해요."를 연발하는 참가자들이나, 한국 노래를 한두 곡 부르고 때우려는 귀여운 여학생들을 보니 안쓰럽기도 하고 한편으로는 사랑스러워 많이 웃었다.

오늘은 한글의 우수성과 대한민국의 국력에 대해 많은 생각을 한 하루다. 벌써 십 수년 전, 국내로 몰려 들어오기 시작한 동남아 불법노동자들에

■ 숨부쇼 올리버의 '식혜 만들기' 발표 모습과 원고. 또박또박 눌러쓴 글씨에 정성이 가득하다.

대한 입국 과정의 착취가 사회문제화 되자 국회에서 한국어 시험을 거친 사람들만 국내로 들어오도록 하는 법을 통과시키기 위해 갑론을박하던 때가 엊그제 같은데, 이제 그 한국어 시험이 완전히 정착되어 잘 운용되고 있다. 오늘 가능성을 확인한 아프리카에서의 한글 교육과 한류 확산도, 앞으로 관심을 가지고 지켜보아야 할 관전 포인트다. 결국 우리가 얼마나 많은 이익과 기회를 이들에게 줄 수 있는가에 달려있겠지. 그러고 보니, 페루에서 일본어를 배우려는 분위기를 지켜보며 우리말은 언제쯤 저렇게 될까 하며 부러워했던 기억이 난다.

무사히 마무리된 르완다의 첫 번째 한국어 경연대회를 지켜보며 이 대회가 10년 쯤 뒤에는 또 어떤 모습으로 진행될지를 즐겁게 상상했다.

# 원조 효과성에 대한 국제적 논의

2014. 12. 3(수)

남을 돕더라도 '잘' 도와야 한다. 그렇지 않으면 도와주기는커녕 결과적으로 해를 끼칠 수도 있는데, 서구 원조의 역사는 종종 이런 결과를 낳았다는 자기반성이 적지 않다. 그런데 이 '잘' 돕는다는 것이 그리 쉽지 않기 때문에 시행착오를 거쳐 여러 방법을 개발해왔고, 그 결과 이른바 '원조 효과성'이 개발 협력 분야의 키워드로 등장하게 되었다.

## 받는 자의 입장에서

지난 50년간 원조가 기대했던 성과를 내지 못하고 오히려 부정적인 결과를 초래하기도 했다는 반성 속에서, 2000년대 초부터 서구 선진국들은 원조 효과성에 대해 고민하기 시작했다. 그리고 OECD 국가들을 중심으로 원조 효과성에 대한 국제적 합의가 하나둘 나왔다. 이 논의는 2002년 몬테레이

합의와 2003년 로마 선언을 거쳐 마침내 2005년 원조 효과성에 관한 파리 선언에 이른다. 파리 선언은 국제사회가 50년간의 원조 경험과 반성을 바탕으로 만들어낸 원조 효과성에 대한 국제적 합의문이다. 이후 원조 효과성에 관한 국제 논의는 더 활발하게 진행된다.

우리나라도 2009년 OECD 내 진정한 선진국 클럽인 개발원조위원회에 가입하면서 원조 효과성 제고를 위한 국제적 담론에 적극적으로 참여하게 된다. 그러면서 2011년 부산에서 열린 세계개발원조총회에서 부산 글로벌 파트너십이 채택된다. 우리나라가 선도적인 역할을 담당해 출범한 부산 글로벌 파트너십은 원조 효과성 제고를 위한 가장 최근의 국제적 합의다. 나아가 이는 개발원조위원회 회원국뿐 아니라 개발도상국 정부, 국제기구, 시민사회 등이 모두 참여한 진정한 의미의 국제적 합의라는 점에서 그 의의가 매우 크다. 즉 범지구적 개발 협력에 관여하는 모든 주체가 빠짐없이 참여해 합의한 개발 협력 지침이 바로 부산 글로벌 파트너십인 셈인데, 그동안 전문용어로 PBA(프로그램 기반 접근법) 혹은 SWAP(분야별 접근법)라고 불리던 방법론을 집대성한 것이기도 하다.

부산 글로벌 파트너십은 원조 효과성을 높일 수 있는 네 개의 원칙을 제시하고 있다. 바로 '주인 의식', '성과 관리', '포괄적인 개발 파트너십', '투명성 및 책임성'이다. 한마디로 "수원국의 주인 의식을 존중하면서 포괄적인 파트너십을 통해 성과 중심의 투명하고 책임 있는 개발 협력을 하자."라는 것이 부산 글로벌 파트너십이 제시하는 원조 효과성의 핵심이다.

여기서 수원국의 주인 의식을 존중한다는 것은 어떤 의미일까. 한마디로 수원국의 목표를 존중한다는 뜻이다. 어느 나라나 발전의 목표가 있고, 그에 따른 실행 계획이 있다. 예를 들어 르완다의 경우, 최상위 국가 비전인

'VISION 2020'을 통해 민간 중심의 지식 기반 사회로 나아가는 것을 개발 목표로 삼고 있다. 그리고 그 목표를 달성하기 위해 EDPRS 1, 2에서 열다섯 개의 분야별 전략 계획을 세웠다. 그리고 수원국의 주인 의식을 존중한다는 것은, 원조 사업의 목표 성과가 수원국의 우선순위 개발 목표와 일치하도록 하는 것을 말한다.

코이카 르완다 사무소의 경우에도 농업 농촌 개발, 교육, 정보통신기술 분야를 중점 협력 분야로 설정하고, VISION 2020과 경제개발 및 빈곤 감소 전략뿐 아니라 농업, 교육, 정보통신기술 분야 전략 계획 목표를 지원하는 방향으로 설계되어있다. 여기서 지난번 언급한 '성과 프레임워크'가 다시 사용된다. 성과 프레임워크에서 설계하는 목표를 수원국의 개발 우선순위 목표와 일치시킨다면, 수원국이 달성하고자 하는 개발을 더 효과적으로 이룰 수 있다.

## 받는 자의 역량으로

개발 협력이 이렇게 수원국의 관심사를 존중하는 것만으로 충분할까. 개발 협력 사업들이 수원국의 시스템을 통해 이루어져 수원국 공조직과 공무원들의 역량을 키워준다면 더 좋은 원조가 될 것이다. 그래서 부산 글로벌 파트너십은 원조 사업을 가능한 한 수원국 정부에게 위탁할 것을 권한다. 예를 들어 영국 국제개발부 사업의 경우, 르완다 교육부에 이행해 원조 사업을 진행한다. 이러한 방식을 전문용어로 '수원국 시스템을 활용하는 원조'라고 한다.

성과 프레임워크가 수원국의 우선순위 개발 목표와 일치하는 방향으로 설계되면, 수원국 정부는 주인 의식을 가지고 사업을 성공적으로 수행하려

할 것이다. 공여 기관은 수원국 정부가 원조 자금을 투명하고 효율적으로 이용하는지 감독하며 지원만 하면 된다. 이런 과정을 통해 수원국 정부는 재원을 투명하게 관리하고 효율적으로 이용하는 방법을 원조 기관으로부터 배우게 될 것이다.

이것이 다가 아니다. 원조 사업이 수원국 정부에게 위탁되었을 때, 수원국은 원조 자금을 정부 예산으로 편입시킨다(실제로 르완다 1년 예산의 약 40퍼센트 정도가 원조 자금으로 구성된다고 알려져 있다). 그리고 원조 기관의 도움을 받으며 정부 예산을 편성하고 관리하는 방법을 터득하게 될 것이다. 일반적으로 하나의 원조 사업이 보통 5년 정도 진행된다고 할 때, 수원국 정부는 원조 기관의 지원을 받아 전략적으로 중장기 예산을 편성하고 관리하는 방법을 배우는 셈이다. 결국, 수원국 시스템을 활용하는 원조는 주인의식을 바탕으로 최대의 개발 성과를 이끌어낼 뿐 아니라, 수원국 정부의 국정 운영 역량을 견실하게 향상시킨다.

물론 이런 수원국 시스템을 활용하는 원조가 언제나 올바른 것은 아니다. 만약 수원국이 정부 재정을 관리하기 위한 기본적인 역량조차 안 되고 부정부패가 심하다면 오히려 역효과를 가져올 수도 있다. 그래서 이를 수행하기 위해서는 우선 수원국의 청렴도와 행정관리 역량을 살펴보아야 한다. 이를 위해, 세계은행을 중심으로 하는 다양한 원조 기관은 'PEFA'라고 하는 수원국 공동 평가를 수행한다. 즉, 수원국의 투명성, 예산 편성 역량, 예산 집행 및 관리 역량, 재정보고 시스템, 회계감사 시스템 등을 객관적으로 평가하는 것이다.

르완다의 경우, 수원국 시스템을 활용하는 원조의 위험성은 낮은 편으로 평가된다. 이는 르완다의 투명성 정도나 정부 재정 관리 수준이 다른 개발도상국에 비해 상대적으로 높다는 뜻이다. 그러나 르완다도 처음부터 부정부패가 없고 정부재정관리 수준이 높은 나라는 아니었다. 폴 카가메 대통령을 중심으로 하는 르완다 정부가 거버넌스 향상을 위해 고군분투해온 결과다. 또한 세계 각국의 원조 기관들이 르완다의 거버넌스 향상과 수원국 시스템을 활용하는 원조를 수행하기 위해 많은 노력을 기울인 결과이기도 하다.

영국을 중심으로 하는 유럽 원조 기관들은 2000년대 초부터, 수원국 시스템을 활용하는 원조가 가능한 국가를 만들기 위해 15년째 공동기금을 모금하여 '정부재정관리 역량개선 프로젝트'를 해왔다. 이렇게 르완다가 차츰 수원국 시스템을 활용하는 원조가 가능한 국가로 변모해가면서, 유럽 원조 기관들은 르완다 시스템을 활용하는 원조 사업을 늘려왔다.

## 받는 쪽이 주는 쪽을 평가한다?

부산 글로벌 파트너십은 단순히 선언적인 의미만 있는 것이 아니다. 현실적으로 이행하지 않을 수 없도록 하는 시스템도 갖추고 있다. 실제로 부산 글로벌 파트너십은 세계 각국의 원조 기관이 이 합의 사항을 지키고 있는지를 매년 모니터링해 그 결과를 일반에 공개한다. 결국 부산 글로벌 파트너십을 이행하는 것은 국가 이미지와도 직결되기 시작했다.

이러한 모니터링 제도에서 특이한 사항은 지표의 상당 부분을 수원국 정부가 직접 평가한다는 것이다(지표 1, 5, 6, 7, 9). 특히 수원국 시스템을 활용하는 원조에 대해서는 수원국 정부가 전적으로 원조 기관을 평가한다. 이는 원조 기관이 수원국의 주인 의식을 존중하는 체제를 더 강화하기 위해서라고 한다.

```
〈부산 글로벌 파트너십 모니터링 지표〉

〈지표 1〉    수원국의 우선순위를 반영한 성과 프레임워크 활용
〈지표 2〉    개발 활동에서 시민사회의 참여와 기여
〈지표 3〉    민간 분야의 역량 강화
〈지표 4〉    개발 협력에 관한 정보 공개
〈지표 5〉    해외공정개발원조 자금의 단기 및 중기 예측성
〈지표 6〉    모든 개발원조의 수원국 정부 예산화
〈지표 7〉    포용적인 상호 책성성 검토 참여
〈지표 8〉    양성 평등과 여성 역량 강화에 대한 공공 지출
〈지표 9〉    수원국 시스템 활용 및 기관 역량 강화
〈지표 10〉   비구속화
```

■    부산 글로벌 파트너십 모니터링 지표.


   르완다도 'DPAF'라는 제도를 통해 공여국들의 원조 효과성을 평가하고 있다. 유엔은 르완다 정부의 DPAF 평가를 지원하기 위해 세 명의 원조 효과성 전문가를 파견하고 있다. 그리고 세계 각국의 원조 기관들도 원조 효과성과 관련해 전문성을 지닌 인력을 르완다 사무소의 대표로 발탁하거나, 원조 효과성 전문가들을 특별 채용하고 있는 추세다. 나아가 국제 NGO들도 'NINGO'라는 연합체를 구성하고 원조 효과성 향상을 위해 노력하고 있다. 결과적으로 이러한 노력은 원조 기관들이 점차 수원국 시스템을 활용하는 원조에 더 많은 노력을 기울이도록 만든다.

   한편 르완다가 평가한 우리나라의 원조 효과 점수는 완전 낙제점이다. 아마 모르긴 몰라도 르완다에서만 이런 점수를 받고 있는 것은 아닐 것이다. 알고 보니 우리나라는 아직 수원국 시스템을 활용하는 원조를 수행하

| DPAF: 원조 효과성에 관한 르완다 내 대한민국 평가 결과 | | | |
|---|---|---|---|
| Indicator | | 2011/2012 | 2011/2012 |
| A. MDG 및 Vision 2020 달성을 위한 국가전략 자금지원 | | | |
| A1 | 르완다 총 ODA 중<br>르완다 정부 예산에 기록된 ODA 비율 | 0% | 0% |
| A2 | 르완다 총 ODA 중<br>르완다 정부 기관에 의해 집행된 ODA 비율 | 0% | 12% |
| B. 주인 의식, 지속가능성 강화와 행정비용 감소를 위한 르완다 국가 시스템 및 제도 이용 | | | |
| B1 | 르완다 총 ODA 중 르완다 정부의<br>예산집행절차를 거쳐 집행된 ODA 비율 | 0% | 0% |
| B2 | 르완다 총 ODA 중 르완다 정부의<br>회계감사 절차를 거쳐 집행된 ODA 비율 | 0% | 0% |
| B3 | 르완다 총 ODA 중 르완다 정부의<br>재정보고 시스템을 거쳐 집행된 ODA 비율 | 0% | 0% |
| B4 | 르완다 총 ODA 중 르완다 정부의<br>조달 시스템을 거쳐 집행된 ODA 비율 | 0% | 0% |

■ DPAF: 원조 효과성에 관한 르완다 내 대한민국 평가 결과(출처: DPAF 2014 보고서 일부).

고 있지 않았다. 코이카 르완다 사무소는 최근 들어 원조 효과성 강화를 위해 윤영준 전문직 행정원을 특별 채용해 고군분투하고 있다. 그는 이미 수원국 시스템을 활용하는 원조 사업을 다섯 개나 준비했다고 한다.

## 지금이라도 준비해야 할 것들

개발 협력의 현장은 이미 전 지구적으로 산업화되어 간다. 한때 개발 협력이 원조 산업화되어 가는 것을 경원시하는 움직임이 있었고 현재도 이런 시각을 유지하는 전문가가 많다. 교과서적으로는 맞는 이야기다. 그러나 현실적으로 점점 더 정교한 시스템이 도입되어 적용되면서, 더욱 많은 이해 관계자가 생겨나고 이에 비례해 전문 지식을 갖춘 자들이 시장을 지배하게 되었다. 이는 개발 시장이 원조 내지는 개발 협력의 역사가 긴 일부 선진국의 독과점처럼 되어버리는 결과로 귀결된다. 이건 불공평하다. 원조의 역사가 매우 짧은 우리나라가 벌써 시장을 넘보는 것이 염치없는 일인가. 그렇다면 적어도 기여한 만큼이라도 시장에 참여해야 하는데, 그 정도도 안 되니 속상하다.

누차 강조해왔지만, 개발 산업의 키워드는 바로 '원조 효과성'이다. 이렇게 개발 산업이 확장되고 전문화되면서, 원조 분야는 점점 더 많은 전문 인력을 필요로 하고 있다. 먼저 현장에서 원조 효과성 제고를 담당할 수 있는 전문 인력이 필요해졌다. 이미 국제기구나 서구 공여국은 원조 효과성 전문가들을 수원국 현지에서 특별 채용하고 있다.

원조 효과성 전문가가 되려면 어학 실력뿐 아니라 원조 효과성과 수원국 현지 상황에 대한 깊이 있는 이해가 필요하다. 그리고 국제기구나 원조 기관 본부에서 원조 효과성 전반을 담당할 전문 인력들도 필요하다. 부산 글로벌 파트너십 모니터링 지표를 수집하는 인력부터 국제회의를 주최하고 준비하는 인력, 원조 효과성 향상을 위한 실무적인 중장기 계획을 모색할 전문가 등이 필요하게 된 것이다. 그뿐 아니라 원조 효과성에 대한 국제적 담론을 이끌어갈 오피니언 리더도 있어야 한다. 원조 효과성은 이미 국가적 이미지와도 직결되는 문제다. 그래서 부산 글로벌 파트너십과 같이 국가 정상들이 모이는 자리에서 분위기를 주도할 필요도 있다.

결국 개발 시장은 원조 효과성이라는 하나의 키워드로 전 세계 각지에서 다양한 인력을 요구하고 있다. 물론 점점 더 고도화되고 전문화되어 가는 개발 산업에 참여하는 일이 그렇게 쉽지만은 않다. 이것이 우리가 개발 산업에 대한 이해를 넓혀가면서 좀 더 적극적으로 정보를 공유하고 참여해야 하는 이유다. 이미 충분한 역량을 지니고 있는 우리의 젊은이들이 개발 시장에 참여할 수 있도록 도와주어야 할 것이다.

  세계 곳곳에 만연한 빈곤과 저개발을 극복하는 것은 인류의 윤리적 사명이다. 이 윤리적 사명에 동참하는 것이 바로 우리나라의 국격을 높이는 길이다.

# 맑고 밝은 아이들

2014. 12. 4(목)

인생을 잘 마무리한다는 것은 어떤 의미일까.

"언제부턴가 쉰 넘어서까지 나와 내 가족만을 위해 돈을 벌어야 한다면 조금 거시기하겠다는 생각이 들데요. 그래서 쉰 살 되던 해 우연히 찾아온 기회를 운명이라 생각하고 직장 생활을 과감하게 접었지요. 그리고 이곳으로 왔습니다."

오늘 차 속에서 들은 멋진 말이 아직도 귓가에 맴돈다. 요즘 인생 이모작을 아름답게 디자인하는 분들이 급격히 늘고 있다.

평생 외국계 회사에서 근무하다가 로이터에서 정보통신책임자(CIO)로 퇴직한 김덕수 자문관. 중장기 자문단으로 이곳에 온 지 2년이 지났는데, 이번에 다시 1년을 연장하셨단다. 그는 르완다 국가역량강화청, 우리로 치면 인적자원개발부서와 공무원 교육원을 합해 놓은 듯한 부서의 정보통신

■   교회 앞 개구쟁이들의 모습이 마치 오선지의 음표 같다.

기술 전문 중장기자문관이다. 언제부터인가 이분이 틈날 때마다 보육원 같
은 곳을 찾아 아이들에게 학용품 등을 전달한다는 소식을 듣고, 함께 가보
고 싶었다. 그래서 며칠 전 같이 식사하며 계획을 세웠고, 오늘 드디어 함께
다녀왔다.

　우리는 슬리퍼 200켤레와 볼펜 300자루를, 김 자문관은 비누 150개와
쌀과 콩 한 자루씩을 준비했다. 장대비 속에 1시간 반을 달려 비움바 마을
에 도착하자 거짓말처럼 비구름이 사라졌다.

■ 위키훼바('포기하지 말라.'는 뜻의 르완다어) 보육원의 관계자들과 30여 분 대화를 나누는 사이
   식사 시간이 되었다. 르완다 집단 급식은 백설기같이 생긴 옥수수가루 찐 것(포쇼, posho)에 콩
   삶은 것을 얹어주는 것이 보편적이다.

■  식사 후엔 스스로 설거지도 하는데, 비눗물에 씻고 나서 깨끗한 물로 마무리하는 모습이 꽤 청
   결해 보였다. 즐겁게 공놀이도 했다. 이곳 보육원 체계는 특이해서 숙소가 없다. 근처 마을의 각
   가정에 아이들을 위탁해서 돌보도록 하고, 점심식사만 이 시설에 와서 먹는다. 정부에서도 이런
   체계를 권장한다고 한다.

■ 정말 티 없이 맑고 밝은 아이들. 멀리 산 정상에 점점이 흰색으로 보이는 곳은 내전을 피해 콩고 에서 건너온 난민들의 집단 거주지역이다. 아마 그곳은 여기보다 훨씬 열악할 것이다.

위    김덕수 자문관은 아이들이 밥 먹기 전에 손만 잘 씻어도 질병을 예방할 수 있다며 비누를 나누어 주었다. 권영동 자문관도 손수 신발을 나누어 주느라 바빴다.

아래    교회에서 보육원 급식소로 내려가는 가파른 길. 이 녀석들이 이렇게 따르니 힘이 날 수밖에. 요 꼬마 숙녀들은 비탈길이 익숙한 모양인데, 어쩐지 나는 계속 기우뚱 거렸다.

# 뜨거운 토론을 벌인 한 주

2014. 12. 13(토)

한국행정연구원(KIPA)의 르완다 고위공직자 역량강화 연수는 매우 성공적이었다. 강의와 토론 외에도 총리를 비롯한 이 나라 고위 정책결정권자들과 다양한 의견을 교환하는 자리가 마련되었고, 내년도 사업계획 수립을 포함한 매우 진전된 논의가 이루어졌다.

서구 선진국의 주도하에 오랫동안 이루어진 개발 협력의 시행착오와 경험을 거쳐 결국 '고기 잡는 법'을 가르쳐주는 원조가 가장 바람직하다는 도움 공감대가 형성되어있음은 이미 여러 번 이야기했다. 그런 맥락에서 대한민국이 도움을 '받는 나라'를 졸업하고 드디어 '주는 나라'의 대열에 합류한 이후 또 다른 의미에서의 원조가 시작되는데, '중장기 자문단'과 '새마을 봉사단'이 그 대표적인 사례다. 이번에 지켜보니 이런 단기간의 집중 교육 프로그램도 상당한 성과를 낼 수 있다는 생각이 든다. 단, 그러려면 현지 정책 환경에 대한 충분한 이해와 철저한 사전 준비 작업이 반드시 선행되어야 한다. 사정이 다른 세계 모든 나라에 적용할 수 있는 일반화된 정책이란 이 세상에 없다고 해도 과언이 아니니까.

사실 그래서 강의 후 심층 토론이 더욱 값진 시간이었다. 이들은 진심으로 더 깊이 알기를 원했고, 이에 부응하여 그동안 여기서 파악하고 경험한 바를 바탕으로 진솔하게 설명하는 내 이야기에 고개를 끄떡였다. 지난 4개월 동안 잠시도 쉬지 않고 움직여온 시간과 노력이 고스란히 이들에게 전달되는 순간, 그 자체만으로 설득력이 있었고 진정한 소통이 이루어졌다. 특히 내가 여기서 제기한 화제가 이들에게는 매우 아픈 부분을 자극하는 민감한 논쟁거리다 보니, 이런 노력이 더욱 큰 역할을 한 듯하다. 국외자가 피상적인 정보를 가지고 민감한 부분을 건드린다면 그 자체로 거부감이 들 테니까.

### 뜨거운 감자로 떠오른 네 가지 논의

논의에서 다루어진 질문과 답변을 종합하여 정리해보면 이들의 이해 정도와 고민이 무엇인지 어느 정도 파악할 수 있다.

첫째는, 아주 초보적인 걱정과 의문이다. "사회의 초점을 제노사이드에서 화해로 옮기면 후세가 이 끔찍한 역사를 점점 망각할 수도 있고, 이는 결국 다시 비극이 반복될 가능성을 높이는 것 아닌가?" 하는 질문이 거듭되는 것으로 보아 이들 안에 여전히 공포와 두려움이 자리하고 있음을 깨달았다. 정녕 20년은 상처를 지워내기에 부족한 기간일까? 이 부분은 종족 갈등으로 인한 학살과 내전에 가까운 권력 투쟁이 반복되어온 이들의 역사를 보면 이해할 수 있다. 근대 역사 이후에만도 한두 번이 아니었으니 다시

■ 르완다의 미래는 이들의 선택에 달렸다.

반복될 수 있다는 두려움이 매우 큰 것이다.

여기에 대해서는 제노사이드와 화해는 동전의 양면과 같아서 화해를 강조할수록 제노사이드의 교훈이 드러나는 효과가 있을 것이라는 요지로 안심시켰다. 아울러 제노사이드의 기억을 지우라는 뜻이 아니라 강조점을 긍정적 이미지인 화해로 옮기라는 뜻이라고 거듭 이야기했다.

둘째는, "더 좋은 브랜드는 없는가? 스마트 국가, 정보통신기술 등 더 멋있는 미래 지향적 브랜드를 만드는 것이 경제에 도움이 되는 것 아닌가?" 하는 문제 제기다. 당연히 나올 수 있는 반응이다. 이런 주장을 하는 이유는 각자 다르겠지만, 원래 최고의 가치를 담은 브랜드를 선택하는 과정은 유익해 보이는 수많은 브랜드를 버리는 과정이다.

'화해와 공존'이라는 브랜드는 내 짧은 의견일 뿐이다. 선택은 길고 힘든 과정을 거쳐 이 나라 국민들이 해야 하는 것이다. 르완다에 대한 내 조언은 4개월의 짧은 공부와 경험을 바탕으로 한 것이다. 이 나라 역사와 현황에 정통한 전문가들로 팀을 구성해 깊이 있는 토론을 벌여 결과가 정해지면 그것이 정답이다.

또한, 중요한 점은 '슬로건'과 '브랜드'의 구분이다. 슬로건은 앞으로 만들고 싶은 목표를 담는 것이고, 브랜드는 실제로 존재하는 실체를 담아야 성공한다. 그런 맥락에서 전자는 미래 지향적이고, 후자는 과거를 바탕으로 한다. 국제사회는 명실상부하지 않은 브랜드를 수용하지 않는다. 그런 의미에서 슬로건은 국내용이고 정치적일 수 있지만, 브랜드는 국제사회용이고 경제적 가치와 직결될 수 있다. 이 점을 분명히 하지 않으면 배가 산으로 가서, 자칫 국민 동원용 슬로건이 탄생할 것이다. 관건은 명실상부하게 존재하는 르완다의 현실을 반영해 미래에 도움이 되는 이미지를 만든 다음 이를 국제사회에 각인시켜가는 것이 '내셔널 브랜딩(National Branding)'임을 명심하는 것이다.

　마지막으로, 브랜드를 만들어가는 작업은 고통스러운 '버리기'다. 세상에는 수많은 바람직한 가치가 존재한다. 그중 하나를 선택하는 작업은 매우 힘들고 고통스럽다. 그리고 한번 형성된 브랜드 이미지를 바꾸기란 거의 불가능하다. 그래서 더욱 신중하게 어휘를 선택해야 한다. 그리고 이때 선택하는 단어는 당연히 한두 개 이내라야 한다. 짧을수록 강하다.

　셋째는, "왜 관광정책, 마이스 산업이 그렇게 중요한가? 다른 산업은 불가능한가? 그동안의 관찰을 바탕으로 르완다 발전을 위한 아이디어와 조언을 달라."라는 것이다. 참으로 난감한 질문이 아닐 수 없다. 사실 르완다의 산업 환경은 매우 열악하다. 인적자원 이외에는 자원이 거의 없으므로 개발에 시동을 거는 것조차 힘들고, 항구가 없는 내륙 국가이므로 원자재 수입과 완제품 수출도 어려우며, 물류에 많은 비용이 든다. 기술 수준은 매우 낮고, 내수 시장도 소비 주체인 중산층이 형성되어있지 않다. 동아프리카 공동체 국가들 사이에 이미 무관세협정이 체결돼있어 공장을 만드느니 차라리 수입하는 것이 더 싸다. 이것이 르완다에 생필품 공장조차 들어서기 힘든 이유다. 그래도 희망을 주어야겠지. 그래서 이 모든 악조건을 열거한 후 이렇게 답했다.

　"힘든 환경이 때로는 도움이 됩니다. 위기는 늘 기회일 수 있으니까요. 단, 과감한 역발상이 필요합니다. 정보통신기술에 대한 선행 투자도 역발상 아닙니까? 우선, 대한민국과 싱가포르를 잘 관찰하십시오. 인적자원이 유일한 재산인 점에서 르완다와 매우 유사합니다. 그런 점에서 지금 단계에서는 일단 교육과 의료에 과감히 투자하세요. 그리고 조건이 열악한 제조업보다는 서비스 산업에 주목하세요. 그중에서도 관광과 마이스 산업이 돌파구가 되어줄 것입니다. 이미 이 나라는 정보통신기술이라는 무기를 손에 넣고 있는 중입니다. 부게세라 신공항을 성공시킨다면 이 정보통신기술과 신공항이 상승 효과를 낼 것입니다. 예를 들어, 여기에 첨단 노인병원 하나만 더하면 서구의 노인층을 끌어들이는 '시니어 타운 사업'의 가능성도 열릴 것입니다. 해발고도가 높은 곳에 위치한 르완다는 늘 초가을 날씨처럼 쾌적하기 때문에 영양 상태만 좋다면 장수가 가능한 자연환경입니다. 우기의 강수량 덕분에 호수 등 수자원도 풍부하니 의료 서비스만 보강되면 지리적으로 가까운 유럽과 중동, 아프리카 부호들의 장수촌을 만들 수도 있습니다. 깨끗하게 보존된 자연환경도 도움이 될 것입니다. 이외에도 정보통신기술이라고 하는 보물은 모든 서비스업과 제조업의 훌륭한 토대가 되어 앞으로 많은 가능성을 만들어줄 것입니다. 자신감을 가지십시오."

넷째, "브랜드가 정말 경제에 도움이 되나? 브랜드를 경제 발전에 연계시킬 구체적 방법은 무엇인가? 또 브랜드를 널리 알릴 수 있는 방법은?"과 같은 질문이다.

현대사회는 어느 나라를 막론하고 갈등이 존재한다. 산업화된 나라일수록 사회 갈등과 빈부격차 문제가 크기 때문에 늘 화해와 용서, 포용과 관용, 화합과 공존이라는 화두에 큰 비중을 두고 국민통합에 매진해야 한다. 자본주의가 발전하면 할수록 이런 가치는 그 의미가 커질 수밖에 없다. 따라서 이 가치를 선점하면 무한한 부가가치를 창출할 수 있다.

그러기 위해서는 엔터테인먼트, 즉 드라마와 영화를 활용하는 것이 가장 효율적이다. 「호텔 르완다(Hotel Rwanda)」나 「4월의 어느 날(Sometimes in April)」 같은 영화 덕분에 르완다는 국제적으로 유명해졌다. 이런 영화들이 현실을 많이 왜곡했다는 이유로 이 나라에서는 별로 인기가 없지만, 영화는 다큐멘터리가 아니다. 모든 영화는 허구적 요소가 들어가기 마련이다. 그 영화나 드라마 덕분에 나라의 인지도가 올라가면 브랜드를 높일 밑천이 생긴다. 따라서 선진국 영화 제작사들의 현지 촬영에 인센티브와 편의를 제공해 적극적으로 투자를 유치해야 한다.

르완다는 훌륭한 '스토리'를 가지고 있다. 제노사이드 극복기는 정말 손색없는 스토리텔링의 소재이므로 얼마든지 활용할 수 있다. 시간이 많지 않다. 남아프리카공화국은 벌써 '화해의 날'을 제정하여 국민적 화합을 도모하고 있다. 브랜드는 승자독식 현상이 나타나기 쉽기 때문에, 다른 나라가 먼저 가져가면 후발주자에게 그만큼 불리하다. 선점이 매우 중요하다.

이제 선택은 이들의 몫이다. 진심으로 르완다가 잘되기를 바란다. 이 나라 모든 어린이가 맨발에서 벗어나면 좋겠다. 10년 쯤 뒤에 다시 왔을 때, 내 의견이 시행되어 착한 아이들이 더 밝게 웃는 모습을 보게 되면 얼마나 보람이 클까.

# 주고 또 주어도 미안한 마음

2014. 12. 16(화)

지난주에 너무 바빠서 건너뛰었던 보다보다 슬리퍼 전달을 위해 냐가타레
지역의 카랑가지를 다녀왔다. 르완다 북동쪽 끝 우간다 접경 지역까지 가
는 데 3시간 정도 걸렸다. 그런데 도착해 창밖을 보니 세상에! 언뜻 보아도
200여 명이 넘는 아이들과 마을 주민들이 공터에 모여 우리를 기다리고 있
었다. 65명의 고아를 돌보고 있다는 이야기를 듣고 신발 100켤레와 볼펜
130자루를 준비했을 뿐인데, 순간 아찔했다.

 아침 8시 정각에 출발해 예정된 시각인 11시에 도착하긴 했지만, 땡볕에
서 꽤 오래 기다린 듯 보여 미안한 마음이 목젖까지 차올랐다. 중간에서 연
락했던 현지인 찰스도 이 기막힌 상황을 예상하지 못한 듯, 당황하기는 마
찬가지였다. 소통의 문제가 있었던 듯한데 그것을 따질 상황이 아닌 것 같
았다. 보육원 방문이 아닌 마을 방문의 모양새가 되어버렸고, 소개와 인사

■ 처음에는 아무리 줄을 서라고 해도 통제가 되지 않아 서너 차례 장소를 옮겨야 했다. 겨우 줄을
  서는 데 성공했지만 곧 무너져서 결국 실내로 장소를 옮겨 한 명 한 명 입장시킨 뒤에야 질서가
  생겼다.


조차 엉성하게 진행되어 엉거주춤하게 인사를 몇 마디 한 후 곧 분배가 시
작되었다.

　예상치 못한 상황에 미안하기도 하고 어찌나 당황스럽던지 오래 머물지
못하고 분배가 다 끝나기도 전에 출발했다. 어제 새로 120개들이 다섯 팩
을 들여와서 집에 충분한 물량을 가지고 있는데, 한 팩 더 가져오지 못한
것이 못내 아쉬웠다. 그나마 숫자를 65개에 딱 맞춰오지 않은 것이 천만다
행이었다. 돌아오는 길에 생각해보니 상황이 어찌된 일인지 짐작이 갔다.
여기서는 보육원 아이들을 인근 마을 각 가정에 위탁을 보내기 때문에 이
런 일을 기획하면 자연스럽게 마을 전체의 행사가 될 수밖에 없다. 모든 아
이들에게 신발을 전달하지 못한 것은 아쉽지만, 이것도 다 좋은 경험이다.

■ 상황을 정리하기 위해 동분서주 중. 정신없이 나누어주다 보니, 가져간 신발이 금세 동났다.

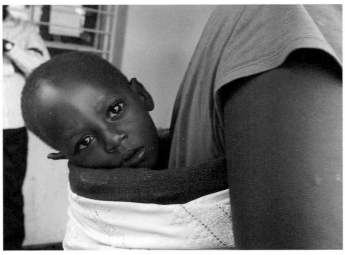

**위** 신던 신발을 나무 덤불 밑에 벗어 던져놓고 새 신발을 받으러 줄을 서는 귀여운 녀석들도 있다.
수량이 부족하므로 맨발인 어린이들에게 먼저 준다고 말한 모양이다.

**아래** 왜 그리 힘도 없고, 슬퍼 보이는지 …… 이 아이 눈망울이 잊히지 않는다.

# 가족과 함께 마무리한 2014!

2014. 12. 31(수)

10월에 방문했던 냐루바카를 2014년 마지막 날 다시 찾았다. 키갈리에서 1시간 남짓 걸리는 이 마을에서 고생하는 황지원, 길아영 간사가 그림 그리기 행사로 한 해를 마무리한다기에, 몇 가지 선물을 준비해 한 번 더 가보기로 했다. 며칠 전부터 아내와 큰딸 주원이가 연말연시를 함께하기 위해 이곳에 와있다. 덕분에 오늘은 모두 함께 갈 수 있었다.

1시간 반을 달려 마을회관에 들어서니 오후 3시가 조금 넘었다. 아이들 약 80명이 한창 그림 그리기 바빴는데, 오늘의 주제는 장래 희망이었다. 붙임성도 좋아서 처음에 조금 어색해하더니 금방 어울려 친해졌다. 아이들의 옷이 참 깨끗해 물어보니 학교와 교회에 갈 때는 늘 깔끔한 옷을 입도록 교육받아, 마을회관에 올 때도 정성스럽게 차려입고 온다.

■  축구하는 모습과 자동차, 군인 아저씨와 집을 그린 그림을 들고 나와 각자의 꿈을 이야기했다. 나
   도 동심으로 돌아가 르완다의 미래를 함께 그려보았다.

■ 난데없는 춤판이 벌어졌다. 분위기 메이커인 권영동 자문관이 현지인 교사 사회자에게 한국에
서 프로 댄서(?)가 왔다고 춤을 청하며 음악을 튼 것. 덕분에 무용을 전공한 큰아이가 떠밀리듯
어색한 춤을 추기 시작했는데, 아이들이 기다렸다는 듯이 몰려나와 함께했다. 오랜만에 배꼽을
잡고 웃었다.

■   가족과 함께하니 마음이 든든하고 힘이 난다. 봉사 내내 웃음이 끊이지 않았다.

■ 헤어지기 아쉬워 '지구촌 나눔 운동' 황지원, 길아영 간사와 현지인 도우미 직원 등과 어우러져 사진을 찍었다. 이 녀석들, 처음에는 서로 눈치를 보다가 한 녀석이 내 무릎에 앉자 서로 앉으려고 하는 통에 즐거운 비명을 질렀다.

# 마지막 신발을 전달하며

2015. 1. 17(토)

오늘은 키갈리에서 4시간 정도, 비포장도로도 40분 정도 달려가야 하는 브룬디 국경 마을 키바이의 한 교회에 다녀왔다. 지도를 찾아보니 이곳은 르완다 남쪽 끝 기사가라 지역에서도 제일 남쪽 끝 마을이다.

아프리카 사람들에게 손님맞이와 행사는 곧 춤과 노래를 의미하는 듯하다. 교회에 도착할 때부터 시작된 노래와 춤은 행사 내내 계속되어 손님들을 즐겁게 했다. 분홍색 상의를 입은 남녀 혼성 성가대가 밖에서부터 노래를 부르며 우리 일행을 맞이했다. 이들이 교회 안으로 들어서며 노래를 부르자 아이들이 자연스럽게 춤을 추기 시작했다. 시킨 사람도 없었는데 한 아이가 앞으로 나오며 춤을 추자 하나둘 나오며 춤을 추기 시작하더니, 한바탕 춤판이 벌어졌다.

여기서 3년 전부터 옛 수도 부타레(후예)를 거점으로 사목 활동을 하고 계신 김영호 목사와 사모 박진 여사를 만났는데, 그들의 노고가 이만저만이 아니었다. 주일이면 여덟 개 현지 교회를 순회한다는데, 잦은 배탈로 고생하신다. 아메바와 같은 미생물로 인한 현지 풍토병이 그들을 가장 괴롭히는 장애물이다. 그래도 앞으로 5년, 10년을 내다보며 유치원을 세울 꿈에 부푼 두 분의 아름다운 삶을 응원한다.

오늘이 현지에서 슬리퍼를 전달하는 마지막 날이 될 것 같다. 돌이켜보니 열네 번에 걸쳐 약 3,000켤레를 나누어줬다. 그런데 왜 이리 마음이 허전하고 슬픈지 모르겠다. 3,000이 아니라 3만, 30만 켤레를 전달한다 한들 무슨 소용일까 하는 마음에…….

나라가 잘 살아야 한다. 잘 살게 되어야 신발도 신고 하루 세 끼 식사를 제대로 할 텐데, 지금은 하루에 한 끼밖에 먹을 수 없는 집이 많단다. 식사를 만들려면 불을 피워야 하는데, 불 피우는 일이 가스레인지에 불붙이는 것처럼 간단치 않다. 마른나무 땔감을 이고 지고 집으로 옮기는 것이 여기 아이들의 하루 일과 중 중요한 부분을 차지한다. 젤라칸이라 부르는 노란색 물통과 나무 땔감을 옮기는 아이들의 행렬. 이것이 아프리카의 대표적인 일상으로 뇌리에 새겨졌다.

이제 집으로 돌아갈 날이 열흘 남짓 남았다. 무척 아쉽다. 귀국 날이 다가올수록 아쉬움이 더 진해지는 이유는 6개월간의 활동이 이들에게 별로 도움이 되지 못했다는 생각 때문이겠지. 그래도 오늘 이들이 노래를 부르고 춤을 출 때는 참 행복해 보였다. 슬프고 안타까운 것은 바라보는 우리 마음일 뿐이다. 나이가 들어가는지, 여기 와서 눈가에 이슬이 맺히는 일이 자주 있다. 이들은 어쩌면 우리보다 더 행복할지도 모르는데…….

■ 신발과 노트를 받은 한 아이의 미소. 하루 종일 차를 타고온 피로를 말끔히 풀리게 하는 회복제다.

■ 초대받지 못한 동네 아이들은 마냥 부럽기만 하다. 안타깝지만 어딜 가도 도움을 받을 수 있는
아이들보다 못 받는 아이들이 더 많은 것이 현실이다.

■   카메라가 미처 따라가지 못할 정도로 몸놀림이 빠른 아이들의 춤. 이 아이들의 리듬감과 춤사위
    는 거의 타고난 듯 탁월하고 놀랍다. 덕분에 아주 흥겨운 하루를 보냈다.

# 마음에 담은 르완다

2015. 1. 21(수)

작년 9월 12일, 키붕고-A 초등학교 앙뚜아네뜨 교장 수녀님과 선생님들, 그리고 아이들이 정성껏 준비한 춤과 노래, 시는 우리 일행을 감동의 도가니로 몰아넣었다.

그날 교장 수녀님은 미안해하며 몇 가지 꼭 필요한 도움을 요청했는데, 그 말을 듣고 돌아와서는 마음이 몹시 무거웠다. 그 뒤 한국의 지인에게 화장실 이전과 도서관 신축 공사 등을 도와달라고 부탁했으나 쉽지 않았다. 한국에서보다 건축비가 터무니없이 많이 드는 현지 사정도 있었지만, 다시 생각해보니 그런 일을 개인 차원에서 추진하기에는 설계와 시공 등 실무적으로 풀어야 할 일이 한두 가지가 아니었다.

여러 가지 이유로 학교 증개축 문제는 원조 차원에서 체계적으로 해결해야 할 문제임이 분명했으나, 그럼에도 불구하고 마음은 늘 무거웠다. 집으로 돌아갈 날이 다가올수록 이 예쁜 아이들의 재롱과 수녀님의 부탁이 떠올라 그냥 갈 수 없다는 생각이 커졌다. 마침, 지난번 아내가 딸과 올 때 연극하며 모금한 약간의 성금을 가지고 온 덕분에 키붕고 학교 방문을 주선한 최광덕 선생과 의논하여 수녀님께서 요청한 복사기와 확성기를 전달하기로 의견을 모았다.

개도국에서는 돈을 마련하는 것보다 더 힘든 것이 필요한 물건을 구입하는 일이다. 사무기기에 대해 나보다 잘 아는 최정봉 자문관과 어제 오후 내내 시내를 누비고도 칼라복사까지 되는 레이저젯 사양을 구입하는 것이 쉽지 않았다. 결국 아비아스라는 현지인 직원의 도움을 받고서야 오후 늦게 마음에 드는 물건들을 손에 넣을 수 있었다. 처음에 부른 가격에서 단 1달러도 깎지 못하고 살 수밖에 없는 현실은 이곳이 공급자 중심의 시장임을 다시금 실감하게 했다. 준비에는 우여곡절이 있었지만, 가는 길은 상쾌하고 즐거웠다.

학교에 도착하자 교장 수녀님은 정성스럽게 준비한 꽃과 따뜻한 커피로 맞아주었고, 몇 마디 말씀이 아니라 미리 쓴 장문의 감사 편지를 읽어줌으로써 다시 한 번 진심을 전했다. 오히려 더 큰 도움을 드리지 못해 죄송했는데, 또 이렇게 마음을 담은 감사의 편지를 받자 참으로 대단한 분으로부터 큰 가르침을 받은 느낌이다.

워낙 원조 기관이 많이 들어와있기 때문인지 르완다의 공무원들은 누군가의 도움을 당연한 것으로 받아들이는 경향이 있다. 그렇게 6개월을 지내고 가는 마당에 마지막 방문지에서 이런 모습을 보니 느끼는 바가 남다르다.

■    직접 감사 편지를 읽어준 교장 수녀님. 만약 세상의 공직자들이 모두 수녀님 같다면 큰 발전을
     이룰 수 있을 거란 생각이 들었다.

■　돌아오는 길. 이제 마지막이라는 생각 때문인지 모든 것이 건성으로 보이지 않았다. 이 아름다
운 르완다 거리의 풍경이 마음속에 영원히 남아있을 듯하다.

4장

**두근두근**
**이런 인생**

# 함께하는 이들

—**정종렬, 손일환, 김만숙, 남화순 단원**

봉사의 달인들이 떠났다. 새마을 봉사단 팀장으로 애써준 무심바 마을의 정종렬 선배, 키가라마의 손일환 선배, 기호궤의 김만숙 선배, 가샤르의 남화순 선배와 단원들이 14개월의 봉사활동을 마치고 귀국했다. 아프리카에서 고생하는 봉사단원이 참으로 많지만, 아마도 새마을 봉사단만큼 고생하는 분들을 찾기는 쉽지 않을 것이다. 시골 마을에 투입되어 현지인들과 살을 맞대고 매일 희로애락을 함께해야 하니 이것이 어디 쉬운 일이겠는가.

처음 이곳에 오면 수시로 빈대에 물리는 고통부터 물이 충분하지 않은 곳에서는 샤워나 목욕 같은 기본적인 생활이 불가능한 환경에까지 적응해야만 한다. 잠자리 또한 편할 리 없고, 10여 미터쯤 판 구덩이의 재래식 변소에도 익숙해져야 하고, 때로는 주방과 재래식 화장실이 붙어있는 일부 주택 구조상 생리적 현상을 해결하는 것조차 눈치를 보아야 하는 불편함

등을 극복해야만 한다.

이런 어려움에 어느 정도 적응하고 나면 식중독 등 개도국 통과의례를 몇 번 거쳐야 하고, 새마을 팀원들 간에 종종 발생하는 업무적 갈등과 의견 조율이 잘 안 되서 겪는 스트레스도 극복해야 한다. 게다가 현지인들과의 사고방식, 생활 습관의 차이에서 오는 오해와 갈등을 극복해내면서, 소득 증대 등의 새마을운동 고유의 성과도 내야 하니, 어디 쉬운 일인가. 이런 어려움을 모두 극복해가며 많은 성과를 거둔 새마을 단원들이 귀국한다는 소식을 듣고, 몇 분을 함께 모시고 그 후일담을 들을 기회를 가졌다.

### 유에서 무를 창조한 봉사의 달인

키가라마에서 고생한 손일환 선배는 코레일에서 33년간 전기 기술직으로 근무하다가 퇴직하고 대구 자원봉사센터에서 1,000시간 동안 봉사한 봉사의 달인이다. 르완다에 와서는 소득증대 사업의 일환으로 재봉틀 40대로 봉제조합을 출범시켜 가방, 지갑 등을 3년째 만들어 판 결과 1인당 월 2만 르완다프랑(3만 원이면 여기 시골에서는 큰돈이다) 정도의 수입을 올릴 수 있게 함으로써 자립정신을 키워주었다니 무에서 유를 창조한 셈이다. 여기에 21가구에 양계를 독려하여 하루 300개의 달걀을 생산하기 시작했고, 공동 부지에서 키우는 바나나와 망고나무 및 각종 채소류 등에서 나오는 소득도 적지 않다고 하니, 이 마을 사람들에게 과거에 모르던 삶의 기쁨을 가져다준 은인임이 분명하다. 이러한 성과는 염소 사업 실패, 농사 대출 실패 등을 극복하고 이룬 것이어서 더욱 돋보인다.

선배와 함께 와 3개월 내지 6개월씩 기간을 연장해가며 고생을 자처한 이재구(양계), 변은경(교육, 유치원 ,보건) 봉사자와 최근에 합류해 업무를 인계받은 최석태(팀장), 박선희(통역), 이숙경(회계) 세 분이 이제 이 고생길을 이어갈 것이다.

## 생계부터 교육까지 길을 내다

기호궤 마을의 김만숙 선배는 사료회사와 약품회사에서 17년간 근무하다 퇴직한 뒤 양계 사업을 6년간 하다 이곳에 오셨다. 임홍훈(벼농사, 1년 연장), 우미지(문해교육), 라미선(주거환경개선) 봉사자와 함께 고생했고, 이승소(팀장), 배수정(주거환경 개선, 회계), 문성혜(통역, 바나나 사업 의향 논의), 이창현(청년회, 벼농사 보조), 김지혜(서기, 주부 대안생리대, 공동 육아) 봉사자가 최근에 합류해 선생의 업무를 인계받았다고 한다.

이 마을은 3년 전부터 벼농사를 시작했는데, 김 선배는 전임자가 12헥타르까지 만들어놓은 것에 6헥타르를 더해 18헥타르를 만들었고, 현재 연간 8만 르완다프랑의 수익을 내게 되었단다. 이뿐 아니라 돼지, 염소 가축은행(132농가 회원)을 구상하여 어미 돼지 76마리, 염소 85마리를 사는 데 드는 자금을 빌려주고 시작한 사업이 착착 진행되어, 내년 4월에는 마지막 대출금까지 상환받을 수 있게 되었으며, 이미 80퍼센트를 회수했다니 상당한 성공을 거둔 셈이다. 문맹을 줄이는 문해 교육 역시 성과가 좋아 지역 관공서로 이관되어 지속되고 있고, 주거환경 개선 시범사업으로 세 채의 집을 완성했다고 뿌듯해한다.

## 르완다의 농업 발전을 이끌다

25년간 군 생활을 마친 뒤 20년간 농사를 지었다는 무심바 마을의 정종렬 선배는 정요한(통역, 파인애플, 1년 연장), 서보경(서기, 주거환경개선), 이주

■　　순서대로 손일환, 김만숙, 정종렬 선배.

은(회계, 양봉) 단원과 호흡을 맞추어 봉사해왔고, 최근 들어온 조명숙(팀장,
부녀회), 조훈미(통역, 벼농사), 한명진(회계, 교육), 김영욱(서기, 양돈) 봉사자
에게 인수인계를 마치고 떠나셨다. 그의 노고 덕분에 처음 18헥타르였던 논
이 23헥타르가 되었고, 50가구로 시작한 논농사가 현재 468가구로 늘어나
연간 15만 르완다프랑의 수익을 내게 되었다. 여기에 파인애플을 재배하기
시작한 60가구는 금년에 첫 수확을 앞두고 있고, 양봉도 시작했는데 당장의
큰 수익보다도 기술을 전수하는 데 초점을 맞추었다고 한다.

　재미있는 것은 사계절 계속 날씨가 좋다 보니 벌들이 우리나라처럼 열심
히 꿀을 생산하지 않아 단위 기간당 꿀 생산량이 우리나라만 못 하다는 사

실이다. 사람이나 벌이나 환경이 너무 좋으면 오히려 게을러지나 보다. 제일 고생스러웠던 점은 물 사정이 좋지 않아 일주일에 한 번 키갈리로 와서 목욕할 수밖에 없는 상황이었다는 이야기를 듣고 마음이 짠해졌다.

## 첫째도 둘째도 인내심

나머지 한 분은 결국 한자리에서 뵙지 못했다. 르완다에서도 가장 오지인 가샤르 마을과 라로 마을의 남화순 팀장은 양돈 사업과 부녀회관 구판장 사업, 카사바 제분공장 마련 등에 힘썼다. 워낙 먼 곳에서 출발해 미처 제시간에 도착을 못 하는 바람에 만날 수 없었는데, 가장 가난한 지역이라고 하니 언젠가 꼭 한번은 신발과 학용품 등을 마련해서 방문하고 싶다.

세 분에게 새로 온 후임자에게 하고 싶은 당부 말씀을 물어보았다. 손일환 선배가 "처음에 불쌍하다는 생각이 들어 무엇인가 거저 주기 시작하면 계속해서 달라고 요구하며 결국 감당할 수 없는 지경에 이르니 이 점을 명심해야 한다."라고 하니 모두 고개를 끄덕이며 동의했다. 더불어 세 분 모두 마음을 급하게 먹지 말고 첫째도 인내심, 둘째도 인내심이라고 말씀하는 것으로 보아 그간 마음고생이 얼마나 심했는지 짐작이 갔다. 귀한 경험을 실감 나게 전하고 싶어 정종렬 선배에게는 따로 글을 받아놓았다.

근면·자조·협동의 새마을정신이 이 분들의 봉사활동을 통해 멀리 퍼져 나가 이 나라에, 아프리카에 깊이 뿌리 내리길 진심으로 바란다. 그리고 세 분 모두 한국으로 돌아가서 가족과 행복하게 지내길 소원한다.

# 인생극장 제3막, 르완다

── 최남희, 코이카 자문관

얼마 전 다양한 경험을 한 여러 연령대의 봉사단원에게 글을 부탁드렸다. 여기에서의 생활을 그대로 보여주는 것이 내 경험으로는 한계가 있을 수밖에 없고, 이 일기를 쓰는 중요한 취지 중 하나가 의미 있는 인생 이모작을 구상하거나 개도국행을 망설이는 분들에게 영감과 용기를 주는 것이기 때문이다. 아래 글은 여기서 봉사활동을 가장 오래한 무산제 마을의 최남희 자문관의 수기다. 내 취지를 이해하고 소박하지만 상세하게, 꾸밈없는 글을 써준 선배에게 진심으로 감사드린다. 그의 글을 읽고 이런 삶도 있구나 하는 울림이 새로운 인생을 구상하는 많은 분에게 조금이라도 도움이 되었으면 한다.

## 〈르완다의 역사를 새로 쓰는 보람〉

"인생은 한 편의 연극과도 같다."라는 말이 있다. 지금까지의 내 인생을 연극에 비유해보면 1막은 청년기다. 나는 광복 이듬해인 1946년 태어나 가뭄, 홍수 그리고 전쟁으로 인한 흉작의 연속으로 늘 배고프고 모든 것이 부족한 어린 시절을 보냈다. 해질녘까지 친구들과 산과 들로 놀러 다니며 산딸기 같은 열매나 물고기를 잡아먹던 기억은 어려운 시절 중에도 즐거운 기억으로 남아있다. 이런 와중에 한국 어머니들의 "배워서 면서기라도 해야 한다."라는 말과 같은 교육열에 힘입어, 없는 가정 형편이지만 빚과 품앗이로 배우고 자라며 청년기를 보냈다.

인생 2막은 미생물과 함께한 30여 년이었다. 대학 졸업 후 제약업계에 투신하여 선후배, 동료들과 밤낮없이 미생물 먹이를 개발하는 일(발효를 통한 약품 생산)에 정진했다. 미생물의 탄생과 성장에 희로애락을 느끼며 동료들과 같이 울고 웃으며 지낸 시절이었다. 이 동안 열다섯 개 약품을 생산, 95퍼센트 이상 수출했다. 한국이 국제사회에서 괄목할 만한 성장을 하던 시기에 가족, 회사 그리고 국가에 헌신한 가치 있는 기간이었다.

3막은 르완다에서 봉사활동을 시작하며 열렸다. 우리나라가 어려웠던 시절에 국제사회와 여러 선진국들에게 많은 도움을 받았듯, 우리가 체험한 것들을 저개발국과 나눌 소중한 기회가 기다리고 있었다. 2007년 르완다 농과대학교에 관련 분야 교수가 필요하다는 코이카 공고를 발견했다. 가족과 의논 끝에 도전해보기로 결심하고 지원해 국내외에서 소정의 훈련 과정을 이수한 뒤 르완다 국립 농대인 ISAE에 배치받아 근무를 시작했다.

나름대로 내 지식과 경험을 나누어 르완다 발전에 도움을 주자는 이상과 포부를 갖고 시작한 해외 봉사활동이었지만 처음에는 녹록치 않았다. 혼자 사는 집안은 어두컴컴하고, 멜랑제라 불리는 현지 뷔페를 몇 개월간 먹으니 신물이 났다. 침대 매트리스는 스펀지로만 되어있어 2~3시간이 지나면 인간 빵 틀로 변해 허리가 아파왔다.

가장 난감했던 것은 르완다 사람들과의 인간관계였다. 단순한 의사소통만이 문제가 아니라 이 사람들의 사고방식을 이해하기가 쉽지 않았다. 공휴일인데 이야기해주는 사람도 없고 공고도 없어 쉬는 날 혼자 학교에 갔다 돌아오는 일이 예사였으며, 좋은 직업이 있음에도 돈을 빌려 가서 갚을 생각도 않았다. 시간 약속을 아무렇지도 않게 어기는 데다가 수동적으로 일하면서도 아무 결론도 없는 회의와 토론은 왜 그리 열정적으로 오래하는지……, 아침 8시부터 시작한 회의가 점심도 거르면서 오후 2~3시나 돼야 끝날 때는 기가 찼다. 한국에서 직장 생활할 때 회의 시간을 줄이고 생산적으로 일하자는 이야기가 많았었는데 르완다에 비하면 한국은 그야말로 양반이었다.

### 현장에서 발로 뛰는 봉사의 백미

이곳에서 일을 진행하려면 이들의 사고방식을 이해하는 일이 중요한 것 같다. 처음에는 한국 기준에 맞추어 이들을 판단하고 답답해하며 실망하기도 했다. 억지로 우리의 기준에 맞추어 이 사람들이 바뀌기를 바라기도 했다. 하지만 점차 시간이 지나고 이들의 역사와 나름의 사정을 알아가면서 조금은 이해하게 되었다. 유럽 지배하에서 형성된 문화랄까, 특성들이 제노사이드까지 이어지면서 이들 고유의 사고방식으로 형성된 면이 있는 것 같다. 2007년 말과 비교해보면 우리가 부정적으로 보는 많은 면이 바뀌고 있지만 아직도 답답하고 이해하기 힘든 경우가 많다.

이런저런 어려움들에 민주콩고공화국과의 잦은 분쟁 뉴스가 더해져 처음 6개월이 지날 때까지 머릿속이 혼란스러웠다. 이를 달래는 유일한 위로는 가족과 통화하는 것이었는데, 바쁘다며 빨리 끊으라고 재촉할 때는 서운함을 감출 수 없었다. 그렇게 시작한 르완다 생활은 아내가 2009년 4개월여 방문 후 2010년부터 함께 지내면서 훨씬 안정을 찾았다. 서울 토박이인 아내가 낯선 이국땅에서 잘 적응할 수 있을까 걱정되기도 했지만 고맙게도 이곳에서 온갖 농작물을 가꾸는 방법을 터득하는가 하면 내가 가르치는 학생들의 실습과 연구 활동도 도와주고 있다. 그리고 끼니마다 한국 식사를 준비해준 덕분에 건강한 몸과 마음으로 임무를 수행할 수 있었다.

생활이 안정을 찾자 강의하며 학생들을 만나는 일이 재미있어졌다. 첫 강의부터 단순히 지식을 가르치기보다는 르완다와 대한민국의 차이점, 새마을운동 그리고 비전의 중요성을 중점적으로 강의한 뒤 시험 문제로도 자신의 비전을 쓰게 해 확실한 가치관을 확립할 수 있게 했고 현재도 그렇게 하고 있다.

코이카 봉사단의 백미는 현장 사업이라 생각한다. 이곳에 파견되면서부터 연구소와 산업체에 많이 방문해 실태를 파악한 결과 제빵 시설이 비위생적이고 품질이 좋지 않음을 알았다. 이를 개선하기 위해 코이카 프로젝트로 제빵 파일럿플랜트를 학교 실습실에 설치했다. 한번은 아프리카 15개국의 교육부장관 회의가 르완다에서 열렸는데, 이분들이 우리 제빵 실습장을 방문하여 빵을 만드는 과정과 맛을 보고 이구동성으로 한국 기계와 빵의 품질이 우수하다고 칭찬할 때는 무척 기뻤다. 5년이 지난 지금까지 실습도 하고 빵을 만들어 판매하고 있다.

■　비료의 중요성 교육차 방문한 남부 곡창 지대 현장에서.

또한 학교 도서관에 전공 서적이 없어 교수들은 물론 학생들의 공부에 어려움이 많음을 알고 가족의 도움으로 원서 100여 권을 아마존에서 주문해 기증했다. 또 한국 명성교회로부터 농대에 꼭 필요한 트랙터와, 경운기 등 농기계 20여 대를 기증받기도 했다. 그뿐 아니라 2007년 12월부터 2년간 시니어 봉사단원으로 활동한 뒤 순복음교회에서 파견된 김보해 선교사의 소개로 알고 지내던 여성 상원의원인 이뉴바(안타깝게도 여성부장관으로 재직 중이던 2년 전 젊은 나이에 암으로 타계했다)와 찰스 총장의 주선으로 르완다 교육 공무원으로 임명받아 2년 반 정도 근무했다.

이후 코이카의 월드 프렌드 어드바이저(World Friend Advisor)로 봉사하고 있으며 현재까지 거의 6년 9개월을 르완다 국립 대학교에 몸담고 있다. 그간 대한민국 코이카의 도움으로 여러 가지 파일럿플랜트를 준비하여 학생들이 다양한 실험을 할 수 있었다. 이 학생들이 산업현장에서 인정받는 인재가 되었을 때는 뿌듯하고 보람을 느꼈다. 다만 안타까운 것은 이렇게 길러낸 인재들이 실력과 열정을 펼칠 수 있는 산업 현장이 아직 부족하다는 사실이다. 일자리 창출을 위해 졸업생을 대상으로 창업을 지원해보기도 했지만 아직 수요와 공급에서 르완다의 경제력이 충분하지 않은 듯하다.

한 기관에 오래 있어 좋은 점은 원조의 아킬레스건인 유지 보수를 적기에 할 수 있어 고장으로 인한 유휴 기기가 없다는 것이다. 더불어 인간관계가 돈독해져 업무 처리가 쉬워진다. 또한 학교나 르완다 정부에서 대한민국을 신뢰해 학교장 래티샤 박사나 르완다 장관들이 대한민국을 열심히 일하는 좋은 나라라고 칭찬할 때면 자부심을 느끼곤 한다. 특히 폴 카가메 대통령은 한국을 발전의 롤 모델로 삼을 정도다.

### 과거의 한국과 비슷한 점이 많은 르완다

르완다에서의 생활을 이야기하며 굳이 1막, 2막으로 흥미롭지도 않은 내과거를 꺼내놓은 이유는 그 시절과 르완다의 현재가 묘하게 겹치는 면이 많다고 느꼈기 때문이다. 지금도 한국에서 오는 분들이 르완다를 돌아보면 마치 한국의 1970년대를 보는 듯하다는 이야기를 자주 한다. 나라가 작고 인구는 꽤 많은 편이며 천연자원은 별로 없다. 한국이 산이 많다고 하는데 이곳은 천 개의 언덕의 나라라고 불릴 정도다. 한국이 광복과 한국전쟁 뒤 각고의 노력으로 발전하기 시작한 것처럼 이 나라도 1994년 종족 간 제노사이드 이후 20년 만에 빠른 경제성장을 이루고 있다.

처음 이곳에 파견되었을 때에 비하면 하루가 다르게 비약적인 발전을 하고 있는데, 우리나라의 원조가 이 나라 발전에 도움이 되었다고 생각한다. 평균 수명이 17년 사이에 49세에서 65세로 연장된 것 또한 커다란 변화라 할 수 있다. 르완다 같은 개발도상국이나 저개발국가에서 신명 나게 일할 수 있는 원동력은 이런 괄목할 만한 발전뿐이 아니라 우리가 하는 일 중 많은 것들이 그들 나라에서는 처음 있는 일이라는 자부심 때문이다. 즉 하는 일마다 '역사를 새롭게 쓰는 것'이다.

이제 얼마 남지 않은 기간 동안 좀 더 알차게 코이카의 업무를 마무리지어 대한민국의 영혼이 이들 가슴속에 간직되길, 그리하여 비록 더딜지라도 길이길이 발전하기를 기원한다.

# 누구나 할 수 있다

—정종렬, 무심바 새마을사업 팀장

무심바 마을 새마을 팀장으로 14개월간 고생한 정종렬 선배가 보내준 글은 평소의 직선적이고 꾸밈없는 성격이 그대로 반영되어있는 듯 잔잔하다. 그래서 더 큰 감동이 느껴진다.


〈새마을 리더 해외 봉사단 경험기〉


나는 1970년 사병 복무를 시작으로 부사관을 거쳐 장교로 직업 군인의 길을 걷다가 25여 년의 군 생활을 명예롭게 마치고 전역했다. 당시 전국에 불기 시작한 새마을운동 바람이 군대라고 예외는 아니었다. 나는 주로 군 교육기관에서 근무하며 사병과 장교 양성, 보수 교육을 담당했는데, 새마을

의식 교육도 병행했다.

전역 후에는 대학에서 농학을 전공한 덕분에 시 외곽에서 재활용 공장을 운영하며 공장 주위에서 논농사를 비롯 포도, 채소 등을 가꾸는 일도 병행했다. 천주교 신자로서 가끔 성당 활동 중 하나인 불우 시설도 방문하고 어려운 이웃을 돕긴 했어도 '해외 봉사'는 남의 이야기처럼 들려 감히 꿈도 못 꾸었다. 그러던 차에, 새마을 해외 봉사자 모집 광고를 보게 되었다. 광고 내용을 살펴보며 1970년대에 한국에 산 사람이라면 누구라도 새마을운동에 참여한 경험이 있으므로 감히 도전해볼 용기를 냈다.

새마을 해외 봉사자 모집에 지원할 당시에는 가족 누구에게도 알리지 않았고, 하던 일도 계속하고 있었다. 내심 나이도 많은 내가 과연 선발될까 염려됐기 때문이었다. 하지만 뜻밖에도 서류 전형과 신체검사에 합격했다. 이제 마지막 관문인 면접을 앞두고 제출해야 할 서류에 배우자 동의서가 필요했다.

퇴근 후 조용히 집사람과 마주앉아 그동안의 과정을 이야기한 뒤 당신의 동의서가 필요하다 했더니 아내는 내가 무슨 전쟁터에 나가는 양 울며 뭣 때문에 그 먼 아프리카까지 가느냐, 나이도 많은데 어떻게 감당하려 하느냐며 동의할 수 없다고 했다. 조금 있으니 서울로 시집간 딸이 전화해 가지 말라고 하고 근처에 살던 아들 내외가 손자, 손녀까지 대동하고 집으로 몰려와 반대하는 것이 아닌가. 큰 난관에 봉착했다.

며칠을 기다렸다 아내와 조용히 앉아 아프리카라도 그리 위험하지 않고, 내가 하는 일이 농업과 관련 있는 일이니 한번 해보고 싶다고 간절하게 설득하여 겨우 허락을 받아냈다.

## 무엇부터 해야 할지 암담했던 첫 기억

무심바 마을에 도착하자마자 350여 가구를 직접 찾아가 그들의 사는 모습을 좀 더 구체적으로 파악하고 싶었다. 결국 20여 일에 걸쳐 마을 전체를 방문했다. 그러나 이것이 내게 큰 아픔으로 다가올 줄은 미처 몰랐다. 주민의 30퍼센트가량은 인간의 기본적인 삶에도 미치지 못하는 생활을 하고 있었다. 2~3평 방 하나에 일곱 식구가 사는데, 전기는 물론 물도 없어 언제 씻었는지 모를 정도로 몸 구석구석 때가 끼어있고 냄새도 심했다. 머리는 하도 오랫동안 감지 못하여 버짐으로 온통 뒤덮였고, 누더기 옷에 신발이 없어 맨발로 다녔다.

흙바닥에 거적 하나 깔고 이불도 없이 잠들고 아침이면 추워서 일찍 일어나 햇빛이 잘 드는 처마 밑으로 옹기종기 모였다. 그래도 외국인인 나를 보고 하얀 이빨을 드러내고 해맑게 웃는 모습을 보니 마음이 찢어지게 아팠다. 왜 이리 못살까? 누가 이 어린 것들에게 배고픔을 주었을까? 이내 나는 냉정을 찾고 '내가 할 일을 충실히 하면 하나하나 해결되겠지⋯⋯. 새마을운동은 잘 살기 위한 운동이니까.'라고 생각하며 스스로를 위로했다.

처음부터 쉬운 일은 없었다. 땅과 돈이 문제가 아니라 이 사람들의 마음속에 숨어있는 변화를 꺼리는 마음, 부지런히 일하는 것조차도 싫어하며, 쉽게 남의 도움을 받으려 하는 태도가 문제였다. 하지만 봉사자들과 현지 리더들의 끈질긴 설득으로 이들의 마음을 움직이려고 노력한 결과, 새마을운동을 통하여 몰라보게 발전한 마을의 모습을 보고 깨달은 바가 있는지, 이제는 대부분의 주민이 긍정적이고 적극적으로 참여한다. 그러나 일부 주민들과 프로젝트 간부들은 봉사자들과 일하며 돈의 유혹을 못 이겨 물건을 구매할 때나 운반할 때 가끔씩 봉사자의 눈을 속여 속상한 적도 더러 있다.

■ 새마을사업 덕분에 새로 생긴 논의 모습. 처음에는 마지못해 시작했던 논 만들기 사업이 이제 옆 마을까지 자발적으로 동참하는 상황에 이르렀다.

어려운 나라를 돕기 위해 먼 이국 타향에서 이들에게 생소한 새마을운동을 펼치려 왔는데 감히 시도할 엄두조차 나지 않았을 일을 생각하면, 초창기 봉사자들의 마음고생을 미루어 짐작할 수 있다. 생활환경은 둘째 치고 눈으로 보기조차 두려운 가난에 찌든 모습에서 한동안 이들에게 무엇을 해줄 수 있을지, 어떤 것을 먼저 해줄지, 무척 당황스러웠을 것이다. 때로는 지나치다가 외면하기 어려워 자신도 모르게 이것저것 집어주다가 나중엔 온 동네 아이들이 따라다니며 보채 이 일로 눈시울을 적신 적이 한두 번이 아니라고 들었는데, 말로만 듣던 그 고충도 직접 겪어보니 알 만하다. 지나고 보니 선배 단원들의 노고에 늘 감사한다.

## 보람찬 제2의 인생을 꿈꾼다면 주저 없이 도전하길

해가 거듭될수록 새마을운동의 성과가 조금씩 눈에 보이니 주민들이 변하기 시작했다. 환경개선 사업이 삶의 질을 높이고 있으며 소득 증대로 배고픔을 없애, 명실공이 새마을사업은 잘 살기 위한 운동이라는 것을 보여준 점은 지금 생각해도 뿌듯하다.

나는 새마을운동을 직접 체험하고 경험한 세대라면 주저 없이 이 운동에 동참할 것을 권한다. 전문성을 요구하지도, 지식을 요구하지도 않는다. 건강만 허락한다면 한국에서 경험한 노하우를 그대로 적용하면 된다. 특별할 것도 없다. 다만 인내심이 요구될 뿐이다.

한국에서도 새마을 지도자 몇 명이 협조해서 새마을운동이 성공했듯, 우리 봉사자도 혼자가 아니라 팀제로 파견되어 서로 보완하며 사업을 펼치니 모든 면에서 전문가일 필요도 없다. 나는 지난 1여 년 동안 이 일에 동참해본 경험으로, 특히 오륙십 대의 은퇴기에 있는 사람들이 제2의 인생길에서 보람을 찾을 수 있는 좋은 기회라고 말하고 싶다. 자신의 발전을 위해, 나라를 위해, 또 형편이 어려운 나라를 위해 많이 동참하기를 바란다!

# 봉사의 삶, 천국의 삶

—**박준범, 현지 의료 봉사자**

지구상에는 가진 자와 못 가진 자, 앞서가는 자와 뒤쳐진 자, 배운 자와 그렇지 못한 자들이 뒤섞여 산다. 권력과 경제적 지위, 사회 문화적 지위에 격차가 생기고 그 간격이 시간이 흐를수록 벌어지는 이유에 대해 세계적으로 격렬한 논쟁이 벌어지고 있다. 우리나라에서도 부의 대물림이 보편화되면서 이를 경제 사회학적으로 분석하려는 시도들이 부쩍 자주 보이고, 결국 이 문제점을 누진과세 등의 조세 정책으로 풀자는 주장이 설득력을 얻고 있다.

　최근 이 논쟁에 불을 지핀 이는 경제학자 피케티다. 그는 빈부격차가 심해지는 부익부 빈익빈의 이유를 역사적으로 자본 수익률이 근로 수익률을 늘 앞서왔기 때문이라고 분석하여 논쟁의 초점을 자본주의의 한계에 맞추었는데, 다른 한편에서는 비록 상대적 격차는 벌어졌을지언정 각 개인이

254　오세훈, 길을 떠나 다시 배우다

가진 부의 절대량은 꾸준히 상승해왔다는 통계로 자본주의의 우월성을 강조한다.

자본주의는 그 자체로 강점과 약점을 다 가지고 있는 불완전한 제도이기에 어찌 보면 당연한 이야기들이다. 한마디로 둘 다 맞는 말이고, 모두 함께 살맛나는 세상을 만들기 위해서는 고삐 풀린 망아지 같은 자본주의를 순한 양처럼 만들 보완책이 필요하다. 그렇다면 보완을 위한 해법은 과연 무엇일까. 이것도 의외로 간단하다. 공적 영역에서는 출발선에서부터 차이가 나지 않도록 조세, 교육, 복지 정책의 영역부터 보완해나가야 하고, 사적 영역에서는 가진 자, 앞서가는 자, 배운 자가 그렇지 못한 자를 위해 배려하면 된다. 이렇게만 되면 바로 진정한 선진국 반열에 올라서는데, 말로는 무척 간단해 보이지만 실제로 실천하려면 그리 쉽지만은 않다. 그 이유는 이기심 때문이다. 한마디로 가진 자는 더 가지려 하고, 앞선 자는 더 앞서려 하기 때문이다.

그런데 아프리카에는 이러한 인간의 본성에 반하는 이타적인 분이 많다. 아주 많다. 특히 르완다는 도움을 받을 준비가 된 나라라는 국제사회의 평가 덕분에, 이곳에서 아주 좋은 분을 여럿 만났다. 이런 마음을 가진 사람들이 늘어나면 대한민국은 '모두가 행복한 선진국', '품격으로 존경받는 문화국가'에 빠른 속도로 진입할 수 있다. 당연히 사회 갈등도 큰 폭으로 줄어 서로를 배려하는 사회가 될 것이다.

박준범 선생 내외가 바로 그런 나라를 만들어가는 대표적인 분이다. 한창 자녀 교육에 신경 써야 할 사십 대 초반. 다들 노후를 위해 조금이라도 더 벌어서 저축하고 집 평수를 늘리려고 노력하는 때 아닌가. 지금까지 소개한 분들이 자식 농사 다 지어놓고 인생 이모작을 위해 새 길을 찾은 분들이라면, 오늘 소개하는 분들은 한창때 모든 것을 내려놓고 봉사하기 시작한 분들이다. 더구나 부부가 함께 오기란 쉽지 않았을 것이다. 자신들의 봉사가 마치 당연한 소명이라는 듯 담백하게 쓴 글이지만 그 안에 깊은 종교적 성찰이 들어있었다.


## 〈더 가치 있는 인생을 위한 고민〉

안녕하세요. 저는 현재 르완다 키보고라 병원에서 의료선교사로 사역하고 있는 내과 전문의 박준범입니다. 제 아내는 백지연이고 소아과 전문의로서, 글을 쓰는 지금 병원에서 근무 중입니다.

우리가 근무하는 키보고라 병원은 수도 키갈리에서 자동차로 5시간 이상 떨어진 콩고 국경과 인접한 르완다 남서부 끝자락, 경치가 아주 멋진 키부 호숫가에 위치하고 있습니다. 미국 의료선교사가 40여 년 전에 시작한 자그마한 진료소가 어느새 인근 모든 환자가 모여드는 큰 병원으로 성장했습니다.

아이들이 한국 나이로 중3, 초5로 수도 키갈리에 있는 크리스천 국제학교(KICS)를 다니고 있어 아내와 제가 일주일씩 번갈아 가며 병원 근무를 하고 있습니다. 이번 주는 아내가 근무하는 주라서 제가 아이들을 돌보고 있습니다.

우리 부부는 고향이 대구이며 영남대학교 의과대학 90학번 동기입니다. 본과 1학년 해부학 실습을 하던 중 같은 조가 되어 친해지기 시작해 과 커플로 졸업과 동시에 결혼하고 각자 다른 병원에서 인턴과 레지던트를 마쳤

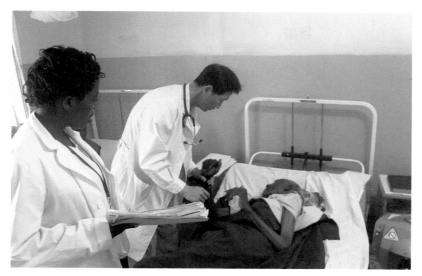

■ 르완다 키보고라 병원에서 진료 중인 박준범 선생.

습니다. 전문의가 되어 삼십 대 후반 각자 내과, 소아과의원을 개원하여 아주 평탄하고 풍족한 생활을 했습니다.

우리 부부는 대학생 때 예수님을 만나 신앙생활을 시작했고, 대구 이천동에 위치한 대봉교회에서 집사로 섬겼습니다. 그러다 2007년 즈음 하나님을 인격적으로 만나며 삶의 방향이 바뀌기 시작했습니다. 세상의 가치관을 좇아 우리끼리 풍족히 누리며 나 혼자 행복하게 잘 사는 것이, 하나님이 우리를 부르시고 자녀 삼아주신 목적이 아니라는 것을 깨닫기 시작하면서 우리 부부는 고민에 빠졌습니다. "그럼 이제부터 어떻게 살아야 할까?"

세상의 길과 예수님의 길은 전혀 다릅니다. 어느 한쪽을 가기 위해서는 다른 한쪽을 포기해야만 합니다. 나 자신을 버리고 남을 위해 섬기고 헌신하는 예수님의 길이 세상의 눈으로는 어리석은 길 같아 보여도 그 길 끝에 영원한 생명과 천국의 삶이 있음을, 아니 그 길을 가는 것 자체가 천국의 삶이라는 것을 깨닫자 감히 세상의 길을 택할 수 없었습니다.

그때부터 우리가 가진 것을 조금씩 나누고 베푸는 삶을 살기 시작했고, 매년 여름휴가 때마다 교회 해외 선교팀과 필리핀, 캄보디아 등으로 단기 의료선교를 다녔습니다. 그리고 2012년 여름에 르완다에 다녀왔습니다. 하지만 그때마다 느끼는 것은, 며칠간 몇 백 명을 진료해도 우리가 할 수 있는 일은 얼마간의 약을 처방하는 것 외에는 아무것도 없다는 사실이었습니다. 전혀 의미가 없지는 않았지만 그저 우리의 만족만을 위한 선교나 봉사가 아닌가 하는 회의가 들면서, 적절한 치료가 지속적으로 필요한 그들을 장기적으로 품어줄 수는 없을까 고민하며 아내와 기도하기 시작했습니다.

특히 2012년 여름 르완다 단기선교를 다녀온 뒤 그 마음이 더욱 커져 본격적으로 아내와 기도하던 중, 2013년 1월 말 르완다행을 결정했습니다. 그해 말 각자의 병원을 정리하고 2014년 1월 8일 온 가족이 르완다에 도착해 지금에 이르렀습니다.

모든 것을 버리고 해외 선교를 떠나는 것만이 예수님을 따르는 길은 아닐 겁니다. 정말 중요한 것은 어디에서 무얼 하건 '내가 살아가는 목적이 무엇인가, 나 자신만을 위한 삶인가, 아니면 모두가 함께 행복할 수 있는 삶인가.'가 아닐까 생각합니다.

이곳 르완다에 얼마나 오래 있을지 모르지만 하나님께서 또 다른 길로 부를 때까지 묵묵히 기쁨으로 우리에게 맡겨진 사명을 감당하려 합니다.

# 인생 최고의 경험

—윤효정, 코이카 봉사자 관리

이 젊은이의 글은 한 편의 수채화 같았다. 지금은 코이카의 르완다 사무소에서 봉사단원들을 돌보기 위해 동분서주하고 있는 윤효정 관리. 윤 관리를 눈여겨보기 시작한 것은 여기 온 직후, 그가 고생하며 매달린 무심바 마을의 새마을사업 현장을 방문했을 때였다. 아래 글에 등장하는 그 마을 이장 따르시스와 윤 관리가 상봉하는 장면은 마치 친 부녀가 10년 만에 만나는 것 같았다.

지난 두 달간 지켜본 윤 관리는 일 욕심이 많은, 일당백의 일꾼이다. 물 만난 고기마냥 힘차게 뛰어다니는 그의 입술은 과로로 늘 터져있어, 보는 이들을 안타깝게 했다. 대한민국 청년들이 모두 이 열정적이고 따뜻한 젊은이처럼 도전정신과 희생정신으로 무장되어있으면 좋겠다.

## 〈곡괭이 하나로 만든 기적〉

"따르시스 선생님, 저 한 달 뒤면 한국으로 떠나요. 여기가 참 많이 그리울 거예요. 벼농사 시범 농장이 걱정되기도 하고 또 한편으로는 기대가 많이 되는데 그걸 뒤로하고 가야 한다니 마음이 무거워요. 요즘 들어 언젠가 다시 르완다를 찾았을 때 어떻게 변해있을지 상상해봐요. 벼농사를 통해 주민들이 돈을 많이 벌고 잘 살고 있다면 정말 뿌듯할 것 같아요. 지난 2년간 그 어떤 고생을 했더라도 그 모습 하나만 볼 수 있다면 제 인생 최고의 기쁨이 될 거예요."

"이주르(내 현지 이름), 다 안단다. 네가 얼마나 프로젝트를 걱정하고 또 생각해주는지. 마음 같아선 네가 더 머물렀으면 좋겠는데 한국으로 가야만 한다니 내 마음도 좋지만은 않구나. 우리는 잘해낼 거야. 물론 처음에는 모두가 많이 힘들었지. 하지만 그런 시간을 통해서 지금 모습이 되었잖니. 사람들이 변했어. 이제는 그들도 자신들이 무엇을 어떻게 해야만 하는지를 아는 거야. 난 확신한단다. 네가 원하는 모습을 꼭 볼 수 있을 거야."

"언제 다시 올지는 모르지만 꼭 건강한 모습으로 기다려주셔야 해요. 너무 일만 하지 말고 건강도 생각하셔야죠. 아이들 학비 때문에 고민하시는 선생님을 보면 마음이 많이 아파요. 제가 도움이 되지 못하니 말예요."

"무슨 그런 말을 하니. 네가 우리 마을에 벼농사를 시작하게 해주었고 또 여러 프로젝트를 도와주면서 우리는 확실히 발전해나가고 있단다. 학비 때문에 걱정이긴 하다만 그래도 자식들이 다 공부를 잘해서 드는 행복한 걱정이란다. 난 아주 건강해. 그렇기에 계속 일할 거야. 그래서 자식들 공부도 시키고 또 네가 보고 싶어 하는 우리 마을을 만들어야지."

## 평범한 내가 이곳에 오기까지

지난해 단원 생활을 마무리하기 얼마 전, 따르시스 선생님(2년 동안 매일같이 붙어 다녔던 새마을 리더장)과 나눈 이 몇 마디 대화에 내 마음은 한결 편안해졌다. 지난 2년간 겪은 마음고생, 몸 고생은 새마을 봉사단원이라면 누구나 고개를 끄덕일 것이다. 우리는 주민들과 같은 곳에 머물며 그들의 어려움을 몸소 느끼고 조금이라도 도움이 되고자 노력했다.

천 개의 언덕이라 불리는 아프리카의 작은 나라 르완다. 2011년 7월 하늘에서 내려다본 르완다의 모습은 온통 산으로 이루어져있고, 반짝이는 은색 슬레이트 지붕의 나지막한 건물들이 옹기종기 모여있어 마치 장난감 마을 같았다. 간간히 지나가는, 금방이라도 바퀴가 빠져버릴 것 같은 봉고차에 사람들이 삐죽이 끼여 앉아있고, 창문으로 몸을 반쯤 내민 차장이 무어라고 소리치는 모습을 신기하게 쳐다보며 르완다 땅에 착륙했다. 마치 영화를 보고 있는 것 같은, 온통 낯선 모습들에 익숙해지기까지는 타고난 적응력에 감사해야 할까, 불과 며칠이 걸리지 않은 듯하다. 우리나라 시골 마을 같은 수도 키갈리에서 지하수를 길어 쓰고 전기가 없어 촛불에 의지해야 하는, 이야기 속에서나 접한 세상으로 들어간 나는 내 인생의 최고의 경험과 추억을 간직하게 되었다.

먹을 것이 부족해 형제끼리 서로 먹으려 빼앗다가 부모님에게 꾸지람을 듣고 벌서는 모습, 수십 킬로미터를 걸어서 학교를 가는 아이들, 머리에 이와 부스럼이 가득하고, 신발은 낡아 발가락이 밖으로 삐죽이 튀어나온 이곳 아이들의 모습 등은 말로만 듣던 1950~1960년대 우리 부모님이 살던 세상과 닮았다. 다만 다른 점이라면 촛불이 아까워 일찍 잠자리에 들어야 하지만, 아이러니하게도 휴대전화 플래시를 사용해 빛을 낼 수 있는 19세

■　　무심바 마을에서 옆집 아이들과 놀아주는 윤효정 관리.

기와 21세기가 공존한다는 점이다. 내가 2년을 지낸 무심바 마을은 아프리카 여느 마을처럼 먹을거리가 풍족하지 않고 소득이 변변치 않은 곳이다. 이들을 잘 먹고 잘 살게 만들라는데, 과연 내가 무엇을 할 수 있었을까.

　당장 내 앞가림조차 못 하여 수많은 방황을 하던 나였다. 대학원에 진학하고도 계속 이 공부를 해야 할지 확신이 없던 차에 배낭 하나를 매고 무작정 세계여행을 떠났다. 자취 한 번 한 적 없던 난 당장 잘 곳을 구해야 했고 먹고살기 위해 일자리를 구해야 했다. 말도 통하지 않는 외국에서 어려움이 닥치니 느는 건 깡과 도전 정신이었다. 그렇게 몇 년을 홀로서기 하며 먹고살기 위해 겪은 처절함이, 당장의 내 배를 부르게 하는 것이 먼저인 그들을 조금이나마 이해하는 데 도움이 되었는지도 모른다. 마을 사람들과 우리 팀원들은 아옹다옹 의견을 부딪혀가며 서로의 생각을 읽고 같이 일했다. 우리는 이 사람들에게 원하는 것을 얻는 방법을 일러줬고 그들은 원하는 것을 얻고자 열심히 노력했다.

## 물질적인 도움보다 더 값진 깨우침을 전하다

우리는 곡괭이 하나로 3개월 만에 6헥타르를 개간하여 농사를 지었다. 처음엔 나와 주민 몇몇만 일했다. 새벽 5시면 매일같이 1시간을 걸어 습지로 내려가서는 비가 오나 햇빛이 내려쬐나 묵묵히 밭을 갈았다. 우리가 일하는 것을 보고 따라와 함께하는 주민들의 숫자는 하루하루 늘어갔고, 벼가 자라는 모습을 본 뒤 사람들의 눈빛은 절망에서 희망으로 바뀌어 언젠가부터 온종일 논에서 새를 쫓고 물을 대었다가 뺐다 한다. 아이들은 방학 중 집에서 늦잠을 잘라 하면 어김없이 논으로 불려와 새를 쫓아야 한다. 젤리칸이라 불리는 노란색 플라스틱 물통을 신명 나게 쳐가며 새를 쫓지만, 아이들의 노력에도 이놈의 새들은 이 논 저 논 다니며 낱알을 쪼아댄다.

이들이 이렇게 열심히 일하기까지에는 수많은 사건이 있었다. 그중 한 가지, 공동기금이라고 모아둔 돈을 마을 지도자들끼리 몰래 나눠 가져 한바탕 난리가 난 일이 있었다. 처음에는 우리를 속였던 생각에 화가 나고 그동안의 노력이 물거품이 되는 것 같아 힘이 빠지고 무척 실망했다. 하지만 주민들을 모아놓고 왜 그랬는지 하나하나 얘기를 들어봄으로써 여태껏 우리 기준으로 이들을 바라보았으며 이들의 마음을 하나도 이해 못 하고 있음을 깨달았다.

전화위복이라고 했던가. 오히려 이 일이 우리 무심바 팀원들에게 마을 주민들을 이해하고, 한국 봉사단의 눈이 아닌 진정으로 무심바 사람이 되어 이들이 원하는 바가 무엇인지 또 그것을 위해 우리가 어디까지 도움을 줄 수 있을지 생각해보는 계기가 되었다. 우리가 이들을 이해함으로써 마을 주민들도 더욱 우리에게 마음을 열었고, 피부색도, 쓰는 언어도 다르지만 우리 팀원들과 무심바 주민들은 가족이 되어갔다.

무심바에서 새마을운동이 시작된 지 2년이 채 안 된 어느 날, 새마을 교육 시간에 들은 어느 현지 지도자의 말 한마디에 지난 시간이 고생이 아닌 보람으로 변했고, 걱정이 아닌 기대를 품게 됐다.

"아무런 준비가 되어있지 않은 상태에서 도움을 받으면 그것은 진정한 도움이라 할 수 없어. 우리 주민들이 무엇을, 어떻게, 왜 해야 하는지 우리 스스로 느끼고 회의를 통해 계획이 세워지면, 또 우리 힘으로 할 수 없는 것이 있을 때 봉사단에게 도움을 청해야 한다고 생각해."

이제는 2년 전 우리를 돈줄로 보던 주민들이 아니다. 적어도 무조건 봉사단이 해주길 바라진 않는다. 그들도 아는 것이다. 지금의 발전은 자신들이 힘들게 일해서 얻어낸 값진 결과라는 사실을.


## 하루하루가 꿈만 같았던 2년

누가 아프리카 사람들이 게으르다고 했는지. 이곳 무심바 주민들은 그 누구보다 부지런하다. 어른들은 새벽 4시 동이 트기도 전에 집을 나선다. 집에 남아 청소하고 갓난아기를 돌보는 건 다섯 살도 안 된 아이들이다. 마당으로 나오면 한 살배기 동생을 옆구리에 매달고(업는다는 표현보다 '자기 키의 2/3 만한 동생을 매달고 있다.'가 더 정확한 표현일 듯싶다) 고사리 같은 손

■    우리가 온 힘을 다해 일군 농지 앞에서. 이제는 그들도 값진 노동의 보람을 안다.

으로 마당을 쓸고 설거지를 한다.

가끔 늦잠이라도 잘 때면 대문 앞이 시끌시끌하다. 그래도 외국인이 산다고 주인집에서 시멘트로 입구를 만들어주었는데, 이것이 아이들에게는 공부방이 되었다. 분칠이 되는 돌을 구해 와선 시멘트 위에 그림도 그리고 숫자 놀이도 한다. 한국에서 가져온 공책과 연필을 주자니 온 동네 애들이 다 몰려올 것 같아 아껴두었는데, 옆집에 사는 아홉 살 사이다디가 학교 시험에서 1등한 성적표를 자랑스럽게 내밀었다. 사이다디는 이전부터 줄곧 1등이다. 공부 잘하는 아이를 둔 부모 마음이 이런 것인지, 팀원들이 각자 옆집 아이들의 성적 얘기를 할 때 내 고개는 하늘로 올라간다. 대견한 마음에 공책과 연필을 선물했더니 사이다디의 오빠 발렌테가 다음에는 자기도 1등을 하겠다고 했고 정말로 그 약속을 지켰다. 괜히 경쟁 문화를 불어넣은 것 같아 미안한 마음도 들었지만 그래도 1등을 받아오니 내심 흐뭇했다.

아침을 먹으려 숯에 불을 붙여 밥을 하고 국을 끓이고 나면 점심시간이다. 옆집 꼬맹이가 답답했는지 몇 차례 시범을 보여준 뒤, 나름 터득한 방법으로 이제는 2시간 걸리던 숯불 피우기도 문제없다. 설거지도 두 바가지면 거뜬히 하고 마지막 헹굼 물은 빨래를 위해 아껴두는 지혜도 생겼다.

2년 동안의 하루하루가 나에게는 꿈같았다. 이른 아침, 집 앞에 펼쳐지는 운해의 운치와 달이 없는 날 은은한 별빛에 의지하여 한 발 한 발 조심스레 내딛던 스릴감이며, 손만 까닥하면 물이 콸콸 쏟아지는 세면대에서는 찾을 수 없는 바가지와 세숫대야만의 낭만이 그립기도 하다.

이렇게 아름다운 기억 한편에 아픈 기억도 있다. 재작년 크리스마스이브 저녁 으슬으슬 감기 몸살 기운이 있어 약 한 알을 먹고는 일찍 잠자리에 들었다. 얼마나 지났을까 열은 40도가 넘게 올라가고, 몸은 덜덜 떨릴 만큼 오한이 나고, 식은땀이 줄줄 흐르며 정신을 못 차릴 정도로 아파왔다. 보통 감기몸살이 아닌 듯해 병원을 가야 하나 생각하던 찰나, 서서히 열이 내려가고 차도가 있어 안심했다. 그러나 얼마 지나지 않아 또다시 열이 오르락내리락하고 오한이 들다 가라앉다를 몇 차례 반복하자 이상하다는 생각이 들었지만 평소 아파도 병원을 잘 가지 않던 나였기에 그날도 그냥 꿋꿋이 집에서 잠만 잤다. 아파 죽을 것 같은데 비가 문틈으로 새 빗방울이 떨어지지 않는 곳을 찾아 매트리스를 이리저리 옮겨가며 버티고 버티다 4일째였던가, 도저히 안 되겠다 싶어 지나가던 차를 잡아 병원으로 갔다. 결과는 말.라.리.아! 의사선생님이 적혈구 수치가 위험할 만큼 내려갔는데 왜 이제

왔느냐며 주사를 놔준 뒤 약을 줬다. 나는 행운아였다. 병원에 올 수 있고 주사를 맞고 약을 사 먹을 수 있었으니까. 불과 얼마 안 되는 돈으로 목숨을 건진 셈이다.

아프리카에서 말라리아는 우리에게 감기와 마찬가지이다. 물론 사람마다 차이는 있지만 제때 치료하면 충분히 나을 수 있는 병인데 안타깝게도 주변에는 이 돈이 없어 죽어가는 경우가 허다하다. 이 사람들은 무엇 때문에 죽어가는지. 약을 그냥 주기 전에 약을 먹지 않게 만들거나 약을 살 수 있는 능력을 만들어줄 순 없는 것일까. 나도 돈이 없었다면 이렇게 아파하다 죽었을 텐데……

## 또 다른 도전

아마 이때부터일 듯하다. 잘은 알지 못하지만 국제개발이란 분야에 관심이 생긴 것이. 아프리카를 한국처럼 발전시키겠다는, 개발도상국의 GDP를 얼마만큼 올리겠다는 그러한 거창한 꿈은 아니다. 하지만 이 사람들이 지금 느끼고 있는 행복을 그대로 마음에 품은 채 자신들의 생활을 좀 더 나은 환경으로 발전시킬 수 있는 일에 도움을 주고 싶어졌다.

그리하여 나는 한국으로 가자마자 다시 이곳 르완다에 오기 위해 준비했다. 단원 생활을 하며 느꼈던 현장의 생생한 경험을 토대로 관리자의 실무를 배워보고 싶었다. 또래의 친구들에 비해 첫 직장 생활을 조금 늦게 시작했지만 나는 절대 뒤쳐졌다거나 늦었다고 생각하지 않는다. 매 순간 모든 곳에서 보고 느끼며 많은 것을 배웠고, 그것이 나에게는 가장 큰 재산이라 여기며 다시 르완다로 돌아와 지금 이 자리에서 최선을 다하고 있다.

아프리카라고 하면 흔히들 덥고, 물이 부족하여 모든 땅이 메말라있는 줄 안다. 하지만 르완다는 1년에 우기와 건기가 번갈아 찾아오는 연중 우리나라 봄가을의 날씨로, 한국을 다녀온 르완다인들은 다른 건 몰라도 날씨는 르완다가 최고라고 자부한다. 사방 곳곳이 푸른색으로 덮여있으며 밤마다 반짝이는 외등 빛들은 마치 밤하늘에 별같다. 르완다도 하루하루가 다르게 발전해가고 있음을 느낀다. 불과 2년 전에 없던 가로등이 이미 주요 도로에 들어섰고, 전광판도 곳곳에 보이며, 정전도 이제는 그리울 정도다. 물론 무심바 촌구석에서 수도 키갈리로 출세한 덕분이지만 말이다.

이 글을 쓰는 지금도 나는 비가 오면 지붕이고 창문이고 비가 새던 무심바 마을의 예전 집이 그립고, 푹 꺼진 스펀지 매트리스도, 내 다리에 아직도 훈장을 남겨놓은 벼룩과 빈대도 그립다. 일부러 하기에는 힘들 찬물 바가지 샤워도, 빗물 받아 하는 청소와 빨래도 이제는 추억이다. 그 아름다운 추억을 친구들에게도 소개하고 싶은데, 친구들은 영 자신이 없나 보다. 하지만 난 당당하게 권한다. 르완다에서의 생활은 인생의 값진 경험이 될 것이며, 그 경험은 최고의 정신적 재산이 될 거라고.

# 열정은 꽃과 같다

— 신민균, 키갈리 현대자동차 대리점 직원

이 글은 봉사의 길에 나선 젊은이의 이야기가 아니다. 그러나 이 청년과 소주잔을 기울이며 살아온 이야기를 듣다 보니 많은 사람에게 전하고 싶은 메시지를 가진 친구라는 생각이 들어 글을 부탁했다. 내가 알지 못하는 아프리카 이야기를 몸으로 배워 알고 있는 신민균 군의 재미있고 유익한 경험담이 담긴 글이다.

## 〈청년들의 블루오션, 아프리카〉

부모님의 이혼은 초등학생의 어린아이가 감당하기에는 힘든 벌이었습니다. 한참 부모님의 정을 먹고 자라야 할 시기인데 아버지는 연락이 끊기고 어머니는 혼자 어린 두 아이를 건사하기에도 힘에 부쳐했습니다. 두 사내 형제는 어려운 집안 사정으로 거의 이모들 손에서 자라며 스스로 인생을 살아가는 방법을 배워야 했습니다. 남들은 제게 부모가 이혼한 결손 가정에서 자랐다고 말할지 모릅니다. 하지만 내게는 이런 점이 오히려 인생을 더 강하게 만든 담금질 같은 것이었습니다.

청소년 시절에는 가정 형편상 학업은 뒷전이고 생계형 아르바이트에 매진해야만 했습니다. 고등학교 3학년이 돼 진로를 놓고 아무리 고민해도 답은 뻔했습니다. 당연히 취업을 선택했습니다. 그때 정부에서 운영하는 한 교육 시설을 알게 되었는데, 그곳은 일반 학교와는 달리 실무 교육 위주로 수업하는 곳이었습니다. 차량제어정비학과에 입학해 1년 동안 실무 교육을 받으며, 비록 머리로는 안 되지만 몸으로 하는 일은 누구보다 자신 있게 해내자고 스스로에게 주문을 걸었습니다.

직업학교 수료 후 사회로 나와 들어간 첫 직장은 르노삼성자동차 정비소였습니다. 막내 사원으로서 온갖 궂은 일을 마다 않고 열심히 배웠습니다. 그 뒤 현대자동차 정비소를 거쳐 기아자동차 정비소에서 착실히 정비사로서의 경력을 쌓았습니다. 국어나 수학 같은 교과서적인 지식이 부족해서 그렇지 자동차와 정비에 대한 지식과 실무는 누구에게도 뒤지지 않으려고 이를 악물었습니다.

2010년 말, 스물네 살. 인생의 새로운 갈림길이 눈앞에 나타났습니다. 현대자동차 대리점에서 한국 정비사를 구한다는 구직 공고를 본 것입니다. 한국이 아닌 아프리카 지점. 그때만 해도 아프리카가 어디에 붙어있는지도 몰랐습니다. 더욱이 '케냐'가 나라 이름인지도 몰랐습니다. 하지만 도전해 보고 싶은 강렬한 욕구가 젊은 청춘을 아프리카로 데려왔습니다.

## 낯선 이들과 동료가 되기까지

2011년, 케냐 나이로비에서 첫 아프리카 생활을 시작했습니다. 막상 가 보니 방송 매체에서 보던 것과는 많이 달랐습니다. 아무것도 없을 줄 알았던 이곳은 출퇴근하기조차 힘들 정도로 차량이 많았고, 각종 생필품이 판매되고 있어 생활에 불편함을 느끼지 못했습니다.

그러나 일은 예상과 달랐습니다. 문화와 생활환경이 다른 현지인들과 일하기가 너무 힘들었습니다. 현지인들의 느려 터진 작업 속도는 '빨리빨리'에 익숙한 내 속을 태웠습니다. 매일같이 크고 작은 사고들이 발생하는데도 함께 일하는 직원들은 물론 손님들까지도 별로 신경을 쓰지 않았습니다. 10분이면 끝날 일이 반나절씩 걸리는가 하면, 청소를 시켜놓으면 상상할 수 없을 만큼 깔끔하게 해놓습니다. 청소를 잘했다는 말이 아니고, 사용 가능한 공구나 물품들까지 싹 버려서 황당했던 경험에 대한 얘기입니다.

한번은 신차의 문짝을 드라이버로 쑤셔 엉망을 만들어놓았길래 그 이유를 물었더니 키를 깜박하고 안에 두고 문을 닫아서 그랬다는 것입니다. 정비사라는 사람들이 정비를 하기는커녕 멀쩡한 차까지 고장 나게 만드는 것은 흔한 일이었습니다. 답답하고 힘들어서 중간에 포기하고 돌아가고 싶었습니다. 그때마다 내 자신을 꾸짖으며 참고 또 참으면서 생각을 바꿔보기로 했습니다. 매니저라고 해서 사무실에 앉아서 지시만 내리는 것이 아니라 직접 정비하는 모습도 보여주고, 직원들과 밥도 먹고 대화도 하면서 시간을 보내기로 했습니다. 그러자 조금씩 변화가 일어나기 시작했습니다. 손수 할 일이 없느냐며 물어보거나 책을 가져와 가르쳐달라는 직원이 하나둘 생겼습니다. 제가 배운 바를 직접 현장에서 몸으로 가르쳐주니 자존심이 강한 직원들이 하나하나 배우려고 다가왔습니다.

4년이 흐르고 나니 흑인 직원들에게도 한국 사람 성향이 스며들어 서비스 문화에 적응하려는 모습으로 변했습니다. 또 타지에서 고생하는 저를 위해 음식을 가져다주고 어려운 일이 있으면 챙겨주려는 모습에, 따뜻한 정을 느꼈습니다. 그런지도 모르고 처음에 너무 강압적으로 대했던 제 자신이 부끄러워졌습니다.

그렇게 케냐 생활을 마치고 르완다의 수도 키갈리에 있는 현대자동차 대리점으로 파견되었습니다. 여기에 온 지도 어느덧 1년이 지났지만 아직도 케냐 직원들과 생일이나 경조사가 있을 때마다 통화하거나 이메일을 주고받으며 지냅니다. 만약 제가 계속 직원들을 무시하며 일했다면 아직도 힘들게 살 것입니다. 그러고 보면 케냐의 친구들은 제게 인생 공부를 톡톡히 시켜준 셈입니다.

## 기회의 땅, 아프리카

이제 아프리카에 온 지도 5년이 지났습니다. 그동안 아프리카 대륙뿐 아니라 여러 나라로 출장도 다니고 여행도 했습니다. 아프리카는 청년들에게 꿈과 희망을 키울 수 있는 마지막 블루오션입니다. 비록 대학교는 못 나왔지만 대학교 나온 친구들에게도 강력 추천하고 싶습니다.

많은 사람이 아프리카를 가난하고 굶주린 땅이라고 생각하지만 의외로 도시 규모가 크고 부자들도 많고 자원도 풍부해서 우리가 쉽게 무시할 만큼 가난한 나라들은 아닙니다. 다만 교육 시설이나 기술력이 떨어지고 특히 기술 전문 분야는 아직 미흡하여 외국인 도움 없이는 간단한 수리조차 불가능하다는 점 등 부족한 부분이 있을 뿐입니다. 따라서 기술 분야에 종사하는 외국인들은 대부분 모국에서 일하는 것보다 더 많은 수입을 올릴

■  현지인들과 함께 자동차를 정비 중인 신민균 씨.

수 있습니다.

한국은 정말 좋은 나라입니다. 편리한 시스템과 서비스들이 넘쳐나죠. 전화 한 통이면 먹고 싶은 음식이 뭐든지 배달되고 마우스 클릭 한 번에 원하는 물건이 집으로 도착하며 현금 또한 들고 다닐 필요 없이 카드나 휴대전화 하나면 다 되는 나라입니다. 하지만 이를 바꿔서 생각하면 편리한 만큼 사람의 손길이 필요한 일자리가 부족해졌다는 얘기입니다. 젊은 청년들이 새로운 일을 찾아 일하기가 힘들다는 말이죠.

아프리카는 아직도 20~30년 전 한국보다 못한 곳이 많습니다. 그만큼 많은 기회가 있는 곳이 바로 아프리카입니다. 한국에서는 누구나 꺼려하는 3D 업종이 아프리카에서는 엄청난 대우를 받습니다. 사소한 기술을 가진 사람도 아직 기술이 미흡한 아프리카 사람들에겐 엄청난 실력을 지닌 기술자로 인정받는 것입니다. 한국에서 보고 편리하다고 느낀 많은 것들을 아프리카에 접목시키면 좋은 기회가 될 것 같습니다. 또 한국에선 이미 지나간 기술이나 더 이상 사용하지 않는 노후된 장비들이 아프리카에서는 신기술이요 신장비가 될 수 있습니다. 한국에선 쓰지 않고 버리는 장비도 아프리카에 오면 아주 유용하게 쓰일 수 있습니다.

아프리카는 생산성이 낮기 때문에 기본적인 생필품까지 해외에서 수입합니다. 그래서 가난한 나라이지만 물건 가격이 상상 이상으로 비싼 경우가 많습니다. 이러한 물건들을 직접 생산해보는 것도 좋은 사업이 될 수 있을 것입니다. 예를 들어 아프리카에 오래 머물며 성공한 교민들을 보면 가발 공장, 가구 공장, 빨대 공장 등 한국에서는 이미 사양 산업이라는 분야에 뛰어들어 성공하는 사례가 많습니다. 저 또한 그동안 아프리카 생활에서 얻은 경험을 바탕으로 사업을 구상 중입니다. 다른 분들의 경험담이나 성공 사례들을 분석하여 나름대로의 전략도 구상하고 있습니다.

아프리카에서 사업하려면 첫째, 소수를 위한 비싼 물건보다 대다수를 위한 생필품을 사업 종목으로 정하는 것이 중요합니다. 둘째, 다른 나라에서 수입하는 것보다 자체 생산하는 것이 좋습니다. 수입품은 세금이 비싸 경쟁력이 떨어집니다. 셋째, 절대 가난하다고 흑인들을 무시해서는 안 됩니다. 피부색만 다르지 같은 사람이라는 전제를 가지고 대해야 합니다.


## 개구리보단 야생마가 되길

나와 같은 대한민국 젊은이들에게 이젠 당당히 말할 수 있습니다. 회사에서 원하는 경력을 쌓는 것과 성적에 맞춰 대학교를 가는 것보다 남들이 기

피하기에 경쟁자가 별로 없는 기술을 배우고 경험을 쌓은 다음 아프리카에 와서 새로운 도전을 해보는 것은 어떨까요? 제가 생각하는 세상에서 가장 바보 같은 사람은 시작하기 전에 포기하는 사람, 사회가 만들어놓은 세상에서 벗어나지 못하는 사람, 새로운 것을 두려워하는 사람 같습니다. 좁은 세상에서 벗어나 자신이 하고 싶은 일을 찾아 도전해보는 것이야말로 청춘들의 로망이고 야망이 되어야 하지 않을까요? 꿈과 희망을 가져야 할 십 대들과 취업난에 시달리는 청년들이 꼭 생각해봐야 할 문제라고 봅니다.

저는 아직 많이 부족하고 이런 글을 쓸 만큼 성공한 청년은 아닙니다. 그러나 우리나라 젊은이들이 우물 안의 안락함에 안주하는 개구리가 되지 말고, 밖으로 나와 야생마 같은 꿈을 꾸는 청년들이 되기를 바라는 마음에서 이런 주제넘은 글을 써봅니다. 발자크가 이런 말을 했답니다.

"참다운 열정은 꽃과 같아 그것이 피어난 땅이 메마른 곳일수록 한층 더 아름답다."

# 나를 특별한 사람으로 만들어준 르완다

**─유기용, 현지 건설업 근무자**

아프리카에는 봉사를 위해 온 분들도 있지만, 일하러 온 분도 많다. 일하며 부대끼다 보면 더 자주, 더 빨리 이곳 현지인들의 특성을 파악하게 된다. 이런 과정을 거쳐 생각과 생활 방식이 완전히 다른 사람들을 진심으로 이해하게 된다면 비로소 현지 적응이 되는 셈이고, 이것이 진정한 협력의 시작이다. 이곳에서 많은 분을 만나서 대화를 나누며 경험담을 듣고 있는데, 유기용 씨의 이야기를 듣고 공감 가는 부분이 많았다.

## 〈우리가 아닌, 이들로부터 시작하는 발전〉

살다 보면 만나고 싶지 않은 위기와 결정의 순간이 찾아온다. 그런데 그런 일이 내게 닥쳤다. 그것도 머나먼 아프리카 땅에서.

아프리카 르완다에서 실직하고 두 달이 지난 뒤 뜻하지 않은 길이 열렸다. 르완다인이 운영하는 건설회사에서 면접 제의를 받은 것이다. 면접은 르완다인 사장과 케냐 출신 엔지니어 2명과 1시간에 걸쳐 진행되었다. 영어는 어눌했지만 그들의 답변에 그동안 보고 배운 대로 성실하게 대답했고 회사의 전체 프로젝트 매니저로 채용되었다. 나중에 안 사실이지만 사장은 내 세부적인 답변에는 관심이 없었다. 그는 건축 현장에서 쓰는 재료는 중국산을 쓰지만 자신을 위한 물건은 독일, 일본, 한국산을 찾는 사람이었다. 그는 나를 채용한 것이 아니라 한국 사람을 채용한 것이었다.

이유야 어찌됐든 그때부터 르완다인 사장, 케냐, 우간다, 튀니지, 마다가스카르, 한국인 각 1명 그리고 르완다인 총 28명 정도가 함께 근무하는 진짜 아프리카 생활이 시작되었다. 처음에는 무언가 이상하고 잘못된 사람들과 부딪치는 것이라 생각했다. 그러나 그것이 문화 충돌이었다는 사실을 뒤늦게 알았다. 처음 문화 차이를 경험하면 일단 여기 사람에게 화부터 내게 된다. 그러면 서로에게 보이지 않는 벽이 생기기 시작한다. 그 벽이 조금 허물어지거나, 당황하는 일이 조금 줄기를 바라는 마음으로 경험담을 몇 가지 담아보았다.

### 이해하기 어려웠던 문화 차이

언젠가 약속 시간이 1시간 반이 넘게 지나도 소식이 없어 전화 연락을 하니 "I'm on my way."라고 답변한다. "오는 중이다!" 그 말은 이미 1시간 전에 들었다. 2시간 가까이 되어 그가 나타났고 우린 다시 한 번 놀랐다. 그의 스스럼없는 태도에. 하지만 이건 분명 문화의 충돌이다. 왜냐하면 나는 기다리는 동안 소모되는 모든 사람의 시간을 생각하며 불평과 함께 화가 치밀고 있었지만, 다른 직원들은 마치 '기다림'이라는 일을 하고 있는 것처럼 보였기 때문이다. 아무 불평 없이!

또 한번은 출장비를 받기 위해 사장 비서에게 출장비 청구서를 주었다. 하지만 그녀는 청구서를 받자마자 책상 옆 구석에 놓고 컴퓨터 화면만 보고 있다. 빨리 받고 출발하기 위해 책상 앞에 서있다 참다못해 항변했지만 그녀의 대답은 "일하는 중이다."였다. 그 직원이 금고에서 돈을 꺼내 내게 주고 사인을 받는 데 걸릴 시간은 3분 정도. 이 3분을 위해 3시간 때론 5시간을 기다려야 했다. 난 이 회사 서열 세 번째인데 말이다.

언젠가는 이런 일도 있었다. 회사의 금고는 사장과 다른 4명이 함께 관리한다. 그들은 때론 아무 기록 없이 돈을 꺼내는데, 여러 명이 수시로 그렇게 하니 과연 그 돈의 입출금이 제대로 관리되는지 궁금해졌다. 사장에게 문제가 없는지도 물었고 대안도 제시했다. 그러나 그는 아무 이상 없다고만 답했다. 예전에 금고가 없을 때는 책상 위에 돈을 놓고 필요하면 가져다 썼다고 한다. 그의 말처럼 이곳은 예전에 필리핀에서 근무할 때와 달리 사무실 안에서 분실되는 돈이나 물건이 없었다. 책상 위에 작은 돈이 올려져있어도, 혹은 USB가 돌아다니다가도 결국엔 돌아왔다. 이 점은 나도 인정한다. 그러나 입출금할 수 있는 권한이 있는 여직원은 자신의 분수에 맞지 않게 사치를 한다. 물론 나의 기우일지도 모른다. 여기에는 세 종류의 사람들이 있다. 알려줘도 이해하지 못하는 사람, 알려주면 이해만 하는 사람, 그리고 알려주면 그것을 할 수 있는 사람. 불행하게도 이곳에서 내가 겪었던 대부분의 사람은 첫 번째와 두 번째 유형이다.

선배님과 어른들에게 들었던 우리의 과거를 되돌아본다. 지금의 우리와

■　건설 현장을 돌아보는 유기용 씨.

주변의 모든 것이 그분들이 오랜 시간 엄청난 노력과 땀을 쏟은 결과물이 아닌가. 이들에게도 시간이 필요한 것이다.

나는 현재 이 나라에서 손꼽히는 규모의 정부 발주 경기장 건축 공사를 관리하고 있다. 그런데 어떻게 50장 정도밖에 되지 않는 도면을 가지고 공사를 진행할 수 있을까? 건물을 짓기 위한 도면인데 수치도 없고, 도면 자체가 없는 부분이 정말 많다. 이러한 부분을 해결하기 위해 회의는 계속되고, 그들의 결론은 늘 "나중에." 길게는 일주일, 짧게는 5분이면 결정할 수 있는 사항들이 10개월 정도 걸리거나 아직까지 결정되지 않은 사항도 많다. 한국에서는 아무렇지 않게 보았던 도면들. 나는 그동안 정말 훌륭한 사람들과 일했구나, 라는 생각이 머리를 스친다. 그래서 이곳과 한국 설계사무소를 연결하기 위해 다각도로 노력하는 중이다. 이들은 제대로 된 도면을 본 적도, 그것을 토대로 건축해본 적도 거의 없다. 이 일을 통해 이들은 20년을 뛰어넘어 발전할 수 있고, 한국 업체에게는 새로운 시장의 기회가 열릴 수 있다는 생각이 든다.

## 르완다인 같은 삶 1년, 그 이후

2007년 해외 생활을 시작한 후 한국인들이 해외 건설 현장에서 겪는 많은 시행착오와 실패를 보아왔다. 르완다인처럼 산 지 1년 후 바뀐 것이 하나 있다. '우리로부터 시작하지 않고, 이들로부터 시작하겠다.'라는 생각이다.

개발도상국에 갈수록 우리의 기술력을 보여주겠다는 생각이 강하다. 한국에 있는 많은 것들을 가져와 이곳에 접목시키겠다는 것이다. 그러나 이런 의욕은 많은 문제를 만들고, 오히려 해결하기 위해 너무 많은 것이 소모된다. 우리는 30년 전의 생활 방식으로 사는 사람들에게 지금의 우리를 보고 배우며 똑같이 하라고 강요했다.

그러나 이제 이들로부터 시작하고, 이들의 시각으로 보려 한다. 회사 현장에 가보고 서류와 기록들이 너무 없어 당황했다. 그러나 이들에게 내가 가지고 있는 많은 서류와 자료들을 바로 건네지 않았다. 대신 꼭 필요한 서류들이나 기존에 있던 서류들을 보완하자고 제안했고, 그들의 손으로 만든 것을 조금 고쳐주기만 했다. 그들이 이해할 수 있는 수준의 것, 그들이 직접 만든 것은 내가 이곳을 떠나도 살아 움직일 것이다. 이들로부터 시작되었기 때문이다. 이곳에 있는 동안 몇 개나 만들어질지 모른다. 그러나 나는 믿는다. 그것은 그들의 것이고, 앞으로 계속 진화할 것이라고.

우리는 한국에서 그저 평범한 사람이다. 아무렇지도 않게 새벽까지 일해 결과물을 상사 책상 위에 올려놓고, 약속 시간을 지키기 위해 10분 먼저 도착하고, 정해진 일정을 지키기 위해 밤을 새우기도 한다. 전기와 물이 예고 없이 수시로 끊기는 것은 상상할 수 없는 나라에 살고 있다. 그러나 이것만으로도 세계 속에서 이미 특별해진 것이다. 가끔 그 사실을 잊을 뿐이다.

한국에서 난 평범한 기술자 중 한 명이었다. 그러나 난 이곳에서 이미 특별한 사람이 되어있다. 상사에게 혼나며 배웠던 것들이 이곳에서는 대단한 아이디어가 된다. 르완다는 물론 작은 시장이다. 그러나 한 블록 건널 때마다 제법 큰 공사들이 진행 중이고, 거리에서 보는 벤츠와 랜드크루져가 국민차인 양 느껴지는 건 나만의 생각일까. 분명 이곳은 우리에게도 열려있는 시장이다.

# 아줌마의 힘

— 조명숙, 무심바 새마을사업 팀장

오늘은 '대한민국 아줌마'의 힘을 여실히 보여주고 있는 무심바 마을의 조명숙 팀장의 글을 소개한다. 한국에 있을 때 그는 시부모 모시고, 아이들 키우며 틈틈이 공부도 하고 일도 한 억척 아줌마였다. 그러다 남은 인생을 보람 있게 보내고자 큰 결단을 내리고 여기 온 지는 3개월 남짓. 조 팀장의 솔직 담백한 사연을 읽으면 아프리카와 같은 오지에서 하는 봉사가 젊은이들이나 남자들만의 전유물이 아님을 알게 될 것이다.

### 〈늦은 나이란 없다〉

무엇인가 시작하기에 늦은 나이란 있을 수 없다. 한 줌의 용기! 그것만 있다면 자신이 원하는 삶을 시작할 수 있다. 지금 당장이라도.

얼마 전, 오세훈 전 서울시장이 아프리카에 신발 없는 어린이를 위해 마을마다 신발과 학용품을 기증한다는 이야기를 들었다. 우리나라에서는 싸고 흔한 슬리퍼도 이곳의 어린이들한테는 그림의 떡이다. 무심바 마을에도 신발을 가져다주겠다는 연락을 받고 단원들과 논의한 끝에 좋은 마음으로 받기로 결정했다.

신발을 전해주러 오 전 시장님과 다른 중장기 자문단원이 왔다. 단원들과 우리 집에서 차를 한잔 마셨는데 내가 해외 봉사에 지원하게 된 동기가 궁금했는지 이것저것 물어보았다. 사실, 평범한 주부가 가정을 두고 14개월 동안 해외 봉사를 하는 것 자체가 이해하기 힘든 일일 수 있다.

### 며느리, 아내, 엄마의 이름으로 살아온 지난 27년

몇 년 전만 해도 나는 5남매의 맏며느리로 시부모님, 아이 셋, 남편 뒷바라지하며 살아가는 한 집안의 며느리이자 아내이자 엄마였다. 우리 아이들은 사회생활을 집에서 배울 수 있었고 항상 북적이는 대가족이 좋다고 했다. 하지만 나는 솔직히 좀 힘들었다. 대한민국의 모든 며느리가 그렇듯 명절은 더더욱 고달팠다. 어머니는 녹내장으로 눈이 실명돼 30년 가까이 집에서만 생활하셨는데 스트레스가 쌓일 때면 시아버지와 가족들에게 화풀이를 하시곤 했다. 그러다 보니 어느새 나도 모르게 아이들과 남편에게 쓸데없이 짜증을 부리는 날이 늘어났다. 이렇게 신세타령만 하며 참고 살 것인지 아니면 공부라도 하며 내 삶을 찾을 것인지 고민이 되었다.

다행히 어머니는 시골에서 농사만 지으신 분인데도 공부하는 것을 좋아하고 사람은 배워야 한다는 논리를 갖고 계셨다. 덕분에 나를 비롯 남편,

시동생 둘, 동서들 모두 결혼 후 대학원에 다닐 수 있었다. 그래서 나는 신세타령을 그만두고 야간 대학교에 입학해 열심히 공부한 끝에 무사히 졸업을 했다. 이후 미용실을 운영했는데 교육이 더 적성에 맞을 것 같아 두 번 더 대학원 생활을 거친 뒤 강의 쪽으로 진로를 바꿨다. 이렇게 27년을 어머니와 같이 생활하며 내 일에 몰두하니 어머니에게 받는 스트레스도 줄일 수 있었고, 나도 모르게 아이들의 본보기가 되는 인생을 살 수 있었다.

### 갱년기에 찾아든 우울증을 나눔과 봉사로 극복하다

워킹맘들은 누구나 겪는 일이지만 나 또한 혼자 대식구들 식사와 집안 대소사를 챙기려니 늘 힘에 부치고 정신이 없었다. 도우미를 불러도 우리 집에 적응하기 힘들어했고, 큰 시누이가 가끔씩 도와주는 것으로 근근이 버텨나갔다. 집안 살림과 학교 강의, 대학원 공부, 아이들 뒷바라지(내가 바빠서 밥만 해줬을 뿐 일일이 신경 쓰지 못 한 것 같다. 그래도 다 잘 커주고 자기 자리 찾은 것은 정말 감사한 일이다)를 모두 해내느라 일분일초를 나눠서 생활하는 것이 습관이 돼버렸다.

그러다가 강의를 그만두면서 그동안 쌓인 긴장이 풀렸는지 모든 의욕이 사라져버렸다. 아등바등 살면서 맞은 오십 대 중반이라는 나이. 자존감은 바닥에 떨어졌고 내 존재에 대한 상실감과 허전함을 그 어떤 것으로도 보상받을 수 없어 보였다. 모든 게 귀찮아졌고 사람들 만나는 것조차 싫었다. 지금 생각해보면 갱년기 우울증이었던 것 같은데 그 당시에는 나이 때문에 겪는 현상이라고 인정하기조차 싫었다.

남편과 가족들의 걱정이 이어질 무렵, 예전에 읽은 국제구호활동가 한비야의 책이 떠올랐다. 마침 텔레비전에서 코이카 활동과 르완다가 소개되는

■    조명숙 팀장의 살아온 이야기를 듣다 보니, 대한민국 아줌마의 전형적인 삶의 향기가 전해져왔
    다. 대화 도중에도 마음 한구석에는 가족에 대한 미안함을 떨쳐버리지 못하고 있음을 느꼈다.


것을 보며 마음속에 '도전'이라는 두 글자가 떠올랐다.

　하지만 가족들은 어떻게 설득할 것인가? 어머니는 내가 몸이 계속 아프
다 보니 작년 6월 중순, 작은 시누이 집으로 거처를 옮기셨다. 고민 끝에 남
편에게 우울증 환자 치료차 외국에 보낸다 생각하고 허락해달라고 간절히
부탁했다. 마음 같아서는 함께 가고 싶었지만 남편은 전혀 관심이 없었다.
그전에 공직에 있던 남편에게 퇴직 후 같이 지원해보자고 권유한 적이 있
지만 그때마다 남편은 연로한 어머니 걱정과 맏아들이라는 책임감 때문에
거절해왔다. 게다가 지금은 다른 직장을 다니고 있어 함께 올 수 없는 상황
이었다. 이틀간의 설득으로 어렵사리 허락을 받고 어머니에게도 남편이 말

해서 허락을 받았다. 글을 쓰는 지금 이 순간도 나를 이곳으로 보내주며 편하게 있다 오라고 응원해준 남편에게 마음 깊이 고마움을 전하고 싶다. 남편은 내게 "우리 집에 시집와서 고생만 했으니 이제라도 하고 싶은 것 하고 응어리진 마음을 모두 풀고 와."라고 했다.

난 비록 마음고생은 좀 했지만 그래도 하고 싶은 것을 많이 하며 살아온 행복한 여자라 생각한다. 신세한탄이나 하며 몸과 마음을 상하게 하는 대신, 나눔과 봉사라는 새로운 목표를 가지고 살아가는 하루하루가 즐겁다.

### 인생의 참다운 보람을 찾다

이곳에 온 지도 벌써 3개월. 어느덧 여기 생활에 적응하고 있다. 요즘 들어 체력이 고갈되는 것 같아 주말에는 시내 유숙소에 머물며 테니스를 치러 가곤 한다. 운동만 하기에는 시간이 아까워 오전에는 테니스를 하고, 오후에는 영어학원에 등록해서 금요일부터 일요일까지 영어 수업을 듣고 마을로 들어온다.

현재 내가 살고 있는 무심바 마을은 전기가 들어오는 곳이 10퍼센트 정도이고 수도는 우리 집만 나와 다른 단원들은 물통으로 떠다주는 물로 생활한다. 우리 집도 3일 이상 단수될 때가 있지만 로마에 가면 로마법을 따르라고 차츰 적응해나가고 있다. 단원 모두 안전을 위해 마을에서 거주하지만 생활 사정이 열악하니 주니어 단원들은 주말이면 시내 유숙소에 가서 세탁기도 돌리고 샤워도 한다. 마을에서 시내 키갈리까지 가려면 두 번의 버스와 모토를 갈아타야 되는데 1시간에서 1시간 반 정도가 걸린다. 그래서 나 또한 나름대로 계획성 있게 생활하려 하고 있다.

우리가 하는 새마을사업은 옛날 새마을운동 정신인 '근면, 자조, 협동'이라는 모토를 가지고 이와 관련한 캠페인을 개도국에 전파하고, 지금보다 더 잘 살 수 있도록 소득을 높이는 금융적인 지원과 정신의식 교육을 실시해 자립 기반을 마련해주는 일이다. 이를 위해 무심바 마을은 총 네 개의 사업을 진행하고 있다. 소득증대 사업으로는 쌀농사, 파인애플 재배, 돼지 가축은행 사업이 대표적이다. 그 외 교육 사업으로는 새마을 의식 교육과 유치원 교육 사업이 있고, 우리 팀은 나를 비롯해 5명으로 구성돼있는데, 팀장은 전체를 관리하고 1명의 단원이 각각 한 개의 프로젝트를 맡아 관리 중이다. 기술적인 부분은 전문가를 고용해서 추진하고, 그 외의 일은 우리가 직접 관리한다.

새마을사업에 대해 인식하지 못했던 이곳 주민들은 이제 열심히 일하면 잘 살 수 있다는 자신감을 가지고 소득에도 애착을 느낀다. 하지만 일부 사람들은 아직도 옛날 습관을 버리지 못하고 게으르게 행동할 때가 있어 안타깝다. 새마을사업은 일반 NGO와 달리 원조만 하는 것이 아니라 시드 머니(Seed Money)를 기반으로 잘 살 수 있다는 자립정신을 심어주는 것이 특징이다.

또한 새마을사업은 팀제로 운영하기 때문에 단원들과의 화합이 중요하다. 그래서 나름 이 부분에 신경을 썼는데 처음에는 각자의 생각을 일일이 알 수 없어 어려움을 겪기도 했다. 저마다 생각이 다르니 마음이 상하는 일도 있었다. 나는 자식들도 강압적으로 이끌기보다 그들의 기질대로 키웠다. 그런데 처음에 단원들한테는 이렇게 하지 못했다. 하지만 지금은 단원들의 이야기에 귀 기울이려 노력하고 있다. 오히려 젊은 청년들과 일하니 마음도 젊어지고 그들의 반짝이는 아이디어에 도움을 받을 때도 많다. 팀장으로서 청년들에게 부탁한다. "양심의 가책을 받는 일은 안 했으면 좋겠습니다. 자율과 책임을 가지고 즐겁게 일합시다." 이제는 열심히 노력하고 있는 그들을 보면 애정이 가고 감사한 마음이 든다.

21세기는 100살까지 사는 시대라고 한다. 내 나이 쉰 중반. 누구나 그렇겠지만 내 마음은 여전히 스무 살 언저리를 맴돌고 있다. 아직 하고 싶은 일도 많고 할 수 있는 일도 많다고 믿는다. 가족도 소중하고, 안정된 삶도 소중하지만 남은 인생을 좀 더 의미 있게 보내고 싶다면 낯선 땅에서 누군가를 돕는 데 쓰는 것은 어떨까. 난 이곳에서 참다운 보람과 행복을 느낀다. 조금만 용기를 내면 내 열정과 에너지를 쏟을 곳은 무궁무진하다. 그리고 이렇게 도전할 수 있다면 그 사람은 언제나 청춘이라고 생각한다.

# 길은 도전하는 자에게 열린다

──이윤경, 유엔개발계획 르완다 사무소 직원

르완다에는 참으로 많은 국제원조기구와 개발 협력 업무를 수행하는 선진국 공여 기관들이 들어와있다. 르완다뿐 아니라 대부분의 개도국에서는 이런 조직의 인력들이 많이 활동하고 있는데, 요즈음 우리 젊은이들 중에서도 보람 있는 인생을 꿈꾸며 이런 곳에 취업을 준비하는 학생들의 숫자가 늘고 있다.

최근 내가 쓰는 글들이 그런 준비를 하는 분들이 미리 알아두면 도움이 될 정보를 주기 위한 면이 있는데, 오늘은 그 길을 걷고 있는 이윤경 씨의 생생한 경험담을 올린다.

## 〈국제기구에서 일한다는 것〉

저는 유엔개발계획 르완다 사무소의 모니터링 및 평가자(Monitoring & Evaluation Officer)로 근무하고 있습니다. 코이카 다자협력전문가 프로그램 2기로 선발되어 현재 르완다의 금융 인프라 구축과 금융섹터의 역량을 강화하는 프로젝트를 관리합니다. 제가 하는 일은 프로젝트 집행 파트너 기관들이 계획대로 집행하고 있는지 관찰하고 성과를 관리하며, 르완다 정부의 금융 분야 정책이 유엔의 금융 분야 지원 방향에 올바르게 반영될 수 있도록 조율하고, 재정경제부, 중앙은행, 마이크로파이낸스 등 주요 금융 기관들의 역량이 강화되도록 도와주는 것입니다.

### 르완다에 오기까지

한국에서 정치외교학을 전공하고 안정적인 회사를 다니다가 이십 대가 끝날 무렵 사표를 내고 미국 유학길에 올랐습니다. 지금도 그렇지만 취업하기 어려운 시절, 좋은 회사 관두고 미래가 확실히 보장되지도 않는 유학을 간다며 주변에서 걱정을 많이 했습니다. 지금 생각해보면 그분들의 염려가 이해되지만 당시에는 한국에서의 삶이 더 안정되기 전에 진짜 해보고 싶은 일에 도전하고픈 마음이 더 간절했던 것 같습니다. 학부 때부터 국제정치를 깊게 공부해보고 싶었던 터라 국제관계학, 행정학 두 개의 석사 과정을 미국 뉴욕 주에 위치한 시라큐스 대학교에서 공부했습니다.

한국에서는 그렇게 영어를 못 하지 않는다고 생각했는데 미국 석사 과정은 결코 만만한 상대가 아니었습니다. 어릴 때 외국에서 산 경험이 없는 저로서는 토론 수업, 보고서 작성, 발표 준비할 때마다 내용 못지않게 영어

■　유엔개발계획 르완다 사무소에서 일하고 있는 이윤경 씨의 워싱턴 D. C 근무 시절.

자체가 큰 스트레스였습니다. 하지만 돌이켜보면 유학하면서 충분히 영어
와 싸웠기에 국제기구에서 일할 때 영어에 대한 부담이 거의 없어지게 된
것 같습니다. 많은 분이 국제기구에 진출하려면 유학을 꼭 가야 하느냐고
물어봅니다. 유학은 반드시 필요한 것은 아니지만 "다리를 놔주는 역할을
하는 것은 분명하다."라고 말씀드리고 싶습니다. 대부분의 국제기구 인력
(인턴십 포함)들은 석사 이상 수료자를 요구하고 있고, 전 세계 일류 대학
출신은 네트워킹의 힘을 많이 발휘하는 게 현실입니다.

### 국제 NGO 인턴십 vs 유엔 인턴십

　석사를 졸업하고 워싱턴 D. C에 위치한 서치 포 컴온 그라운드(Search
for Common Ground)라는 국제분쟁해결 NGO본부의 모니터링 및 평가

팀에서 인턴으로 일을 시작했습니다. 워싱턴 D. C.에는 약 400개의 NGO 가 있는데 대다수가 여름과 겨울에 인턴십을 운영합니다. 무급 인턴십이 대부분이고 특히나 여름방학은 미국 전역뿐 아니라 해외에서도 인턴십을 하러 학생들이 몰려오는 시기라 경쟁률이 치열했습니다. 인턴이었지만 체계가 잘 갖춰진 국제 NGO였기 때문에 그곳에서 모니터링 및 평가 실무, 본부의 코디네이션 역할 등 추후 제 업무에 직접 도움이 되는 기본기를 많이 배웠습니다.

유엔 인턴십은 석사 재학생을 대상으로 하고 대부분 무급입니다. 해당 기구 웹사이트에 올라온 인턴십 공고에 지원하는 방법이 가장 일반적이지만 평소에 관심 있는 기구에 미리 이력서를 보내놓으면 인턴이 필요할 때 연락을 해오기도 합니다. 저도 석사 2년차 때, 유엔여성기구 본부 인사팀에 인턴십을 하고 싶다고 이력서를 보냈는데 4개월 후 인턴십을 제공하고 싶다는 회신을 받았습니다. 이미 다른 인턴십을 하고 있던 터라 거절해야 했지만 웹사이트 공고에만 의지하지 말고 적극적으로 기구에 이력서를 보내놓는 것도 분명 가능성을 높이는 방법입니다.

## 세계은행 본부에서 일하다

NGO에서 일하다가, 워싱턴 D. C에 위치한 세계은행 본부에서 컨설턴트로 근무하게 되었습니다. 컨설턴트는 짧게는 몇 주에서부터 몇 달까지 프로젝트성 단기-중기의 아주 구체적인 업무를 완수하기 위한 목적으로 뽑는 경우가 일반적인데, 이런 특성상 정직원 자리보다는 상대적으로 기회가 많습니다. 해외에서 석박사 과정에 재학 중인 유학생들이 컨설턴트로 시작하여 경력과 네트워킹을 쌓은 뒤 정직원 채용에 지원해서 합격하는 경우가 종종 있지요.

사실 국제기구에 진출할 수 있는 경로는 생각보다 다양합니다. 국제기구
초급전문가프로그램(JPO)이 가장 대표적인 제도로 알려져있지만 이외에
도 국제기구별로 청년전문가를 육성하는 다양한 프로그램이 있습니다. 유
엔사무국, 세계은행, 아시아개발은행, 아프리카개발은행, 경제협력개발기
구는 청년전문가 프로그램(Young Professional Programme)를 운영하고
있고, 유엔개발계획의 LEAD 프로그램, 유니세프의 NETI 프로그램, 주니
어 프로패셔널 어소시에이트 프로그램, 유엔봉사단, 유엔인턴십도 있습니
다. 제 경우처럼 컨설턴트로 국제기구 경력을 쌓을 수도 있고, 여성가족부
가 주관하는 국제전문여성인턴십이나 코이카의 다자협력전문가 프로그램
도 국제기구에 진출하는 좋은 경로입니다.


## 국제기구에서 일한다는 것은?

국제기구에서 일한다는 것은 결코 화려하지도 않고 어떤 이상만을 가지
고 도전할 수 있는 직업이 아니란 걸 강조하고 또 강조하고 싶습니다. 보람
도 크지만 현실적인 어려움이 매우 많은 일입니다. 그중 제일 힘든 것은 가
족, 친구들과 떨어져 낯선 땅에서 외롭게 생활해야 하는 것이지요. 동료 유
엔 직원들을 보더라도 짧게는 2년, 길어도 4, 5년에 한 번씩은 새로운 개도
국으로 이동하고, 선진국에 위치한 본부로 간다 하더라도 평생을 거기에서
만 일한다는 보장은 절대 없으며 경력상 바람직하지도 않습니다.

요즘에는 국제기구들도 인력 감축을 하고 있기 때문에 본부에서 지역사
무소 쪽으로 인력이 많이 이동하는 추세입니다. 싱글들은 만남의 기회가
어려운 업무 환경 때문에 결혼이 늦어지거나 싱글로 남게 될 가능성도 높

습니다. 불안한 치안, 각종 풍토병, 열악한 교통 환경으로 인한 사고 위험, 열악한 병원 시설, 이러한 것들이 주는 스트레스를 직접 체험하기 전에는 자신이 얼마나 견딜 수 있는지 알기 힘듭니다. 이런 것들을 다 고려한 뒤 국제기구에서 경력을 쌓을 때에 놓치는 비물질적인 것들의 기회비용을 계산해보았으면 합니다.

### 무한한 인내심이 필요한 일

국제기구에서 일하려면 다양성을 존중해야 하고 의사소통 기술이 중요하다는 것은 누구나 아는 사실입니다. 하지만 회의할 상대가 30분, 1시간이 되도록 나타나지 않고, 이메일에는 절대 답을 하지 않으며, 심지어 영어로 의사소통도 힘들다면 어떻겠습니까? 한국에서는 뭐든 빨리 처리하고, 새벽까지 야근하더라도 마감 기한을 맞추는 것이 전혀 이상한 일이 아닌데, 르완다에서는 그렇지 않습니다. 저도 처음에는 본부에서 일할 때와는 많이 다른 개도국의 현지 업무 방식과 느린 속도에 당황하고 힘들었습니다. 그렇지만 지금은 웬만해선 당황하지 않습니다. 무한한 인내심은 이렇게 스스로 체험하며 조금씩 길러지는 것 같습니다.

어려움도 많고 외로울 때도 많지만 르완다에서, 그리고 유엔에서 일하는 것은 제 인생에서 무척 값진 경험입니다. 2020년까지 중진국에 진입하기 위해 온 국민이 열심히 일하는 르완다. 그 목표를 정책으로 만들고 집행하는 일에 동참할 수 있다는 것에 매우 큰 보람을 느낍니다.

# 새로운 세상에 눈뜨다

―**박정윤, 유니세프 사원**

박정윤 사원과의 인연은 육개장이다. 11월 마지막 토요일 우무간다 날 최정봉 자문관과 그가 갑자기 우리 집을 방문했다. 마침 주말을 맞아서 처음으로 육개장을 시도하느라 오전 내내 씨름하고 있었는데, 이 먹성 좋은 처자는 더 드시라는 말에 두말없이 또 한 그릇을 뚝딱 해치워버렸다. 원래 음식 만든 사람은 땀을 흘리며 잘 먹는 사람이 제일 예쁜 법.

르완다에는 유엔 산하기관에 4명의 한국 젊은이가 근무 중인데, 박정윤 사원은 유니세프의 홍보팀 소속이다. 여기 오기 전에는 유엔 자원봉사단 네팔 사무소의 프로그램 오피서로 근무했고 르완다에 온 지는 1년 남짓 되었단다.

## 〈시작은 어디여도 좋다!〉

졸업 후 바로 취직하거나 대학원에 진학해야 하는데 나는 어느 쪽으로도 마음이 가지 않았다. 그러던 중 예상치 못한 장학금을 받고 독일에서 어학연수를 하게 되었다. 두 달이 조금 넘는 시간 동안 그저 열심히 공부하고 놀러 다녔다. 지금 생각해보면 참 철이 없었다. 취직 고민을 하거나 준비를 더 해도 모자랄 판에 나는 그냥 자유를 즐겼다. 그리고 돌아온 서울은 IMF 영향으로 사상 최악의 취업 전쟁이 한창이었다. 서류 경쟁률만 몇 천 대 일을 넘었다. 그러다가 정말 우연히 스페인어 강사를 몇 달 하고 나서 3개월 정도 아주 작은 회사에서 인턴으로 근무하게 되었다. 화장실 청소에 야근은 기본, 3시간이 넘는 출퇴근 시간으로 쉽지 않았지만, 첫 직장이라 나름 열심히 했다. 그때는 진짜 몰랐는데 나중에 그 경험이 다른 회사에 정식 신입사원으로 들어갔을 때 큰 도움이 된 것 같다.

어디서든 일단 시작하고 나면 그 경험은 사라지지 않고 고스란히 내 안에 자리한다. 그때 다니던 작은 회사는 독일 유명전시회사의 한국연락사무소였고 그 경험을 바탕으로 나중에 코트라에 입사해서도 해외전시팀을 지망해 경험을 쌓을 수 있었다. 그 일은 내 성격에도 맞았고, 많은 공부가 되었다. 그때 회사가 너무 작다고, 급여가 너무 작다고 들어가지 않았다면 시작 자체가 없었을지도 모르겠다. 지금도 그때 배운 소소한 것들에 감사한다.

### 행복이 무엇인지 안다는 것

새로운 식당에 가보고 처음 만나는 사람에게 말을 걸어보고, 가보지 않은 나라를 여행하는 것이 내게는 중요하다. 그냥 좋은 게 아니라 삶의 일부분이 되었다. 실제 가보고 나면, 해보고 나면 '아 이렇게 다르구나.' 라고 생각하게 해주고, 그걸 공유하게 해준다. 지금 르완다에서 상사가 자주 쓰는 표현이 있다. "정윤 씨는 다 알아. 뭐든 정윤 씨에게 물어봐요." 그가 그렇게 말하는 이유는 정말 내가 다 알아서가 아니라 내가 아는 걸 그만큼 잘 설명해주어서인 것 같다. 나는 만약 뉴캑터스라는 식당이 있으면 그 식당이 어디에 있고 주변에는 뭐가 있고 뭐가 맛있고 좋았는지 나누는 게 좋고 누가 물어보는 것도 좋다. 얼마 전에는 거의 2주 동안 지방 출장을 다녀왔다. 거기서 만난 아이들의 이야기와 해맑은 미소가 떠나지 않아 다녀온 경험을 주변 사람들과 나누면서 내가 참 행복하다는 것을 느꼈다. 새로운 도전에 감사하고 감사한 마음을 나누며 사는 게 행복 같다. 삶의 의미를 못 찾아 힘들 때도 마을에서 아이들과 찍은 사진을 보면 행복해진다.

## 단어가 아니라 이야기가 중요하다

매일 출근해서 영어로만 근무하면서도 불편하거나 이상하다는 생각이 들지 않으면서부터 영어가 조금 편해진 것 같다. 그래서 실제 영어를 사용하는 것이, 영어로 말하는 환경에 있다는 것이 중요한가 보다. 예전에 스페인어를 배울 때도 단어를 열심히 외우고 문법을 공부했지만 막상 스페인에 가서는 일주일을 집 밖에 나가지 못할 정도로 겁이 나고 입도 떨어지지 않았다. 그렇게 5개월을 보내고 돌아왔다.

그런데 막상 연수를 다녀와서 수업 시간에 내가 달라졌음에 놀랐다. 수업을 듣다가 내가 다녀온 장소가 나오면 나도 모르게 손을 들고 이야기하고 싶고, 스페인어 원어민 교수님과도 자연스럽게 인사를 주고받게 되고, 유럽 여행 다녀온 이야기를 하게 되었다. 그리고 스페인 뉴스를 듣는 것에 예전보다 익숙해져 하나라도 더 들으려고 노력했다. 그러다 깨달았다. 문법이나 발음이 아니라 나누고 싶은 이야기가 있고 그 언어에 익숙해지는 것이 무엇보다 중요하다는 걸. 언어는 표현의 도구라고 한다. 내가 표현하고 싶은 만큼 표현하고 상대방이 나를 이해할 수 있다면 충분하다. 다양한 경험을 쌓아 들려주고 싶은 이야기를 만들고 그 이야기를 내 스타일대로 들려주는 것이 외국어를 배우는 가장 좋은 방법 같다.

## 인턴이지만 야근도 오케이

유엔자원봉사단 독일 본부에서 6개월 동안 무급인턴으로 근무할 때 나는 상사보다도 더 늦게 퇴근했다. 새로운 곳에서 새로운 조직에서 새로운 상사와 일하면서 적응하려면 당연히 시간을 투자해야 한다고 생각했다.

한번은 브뤼셀에서 관련 행사가 주말에 있는데 상사가 원하는 인턴은 같이 가도 좋다고 했다. 급하게 산 기차표는 비쌌고 모두 내 부담이었지만 참석하기로 결심했다. 크게 중요하거나 많이 배운 행사는 아니었지만 덕분에 상사와도 더 친해졌고 그 행사에 온 다른 나라 직원들도 만날 수 있었다. 그러다가 나중에 그 행사와 연계된 다른 행사가 더 큰 규모로 부다페스트에서 열렸을 때, 유엔자원봉사단 최고책임자분이 연사로 가게 되었다. 마침 행사가 1월 초인 데다가 갑자기 결정되어 대부분의 직원은 이미 휴가를 떠났거나 가기로 예정되어있었다. 결국 이전 브뤼셀 행사도 다녀오고 다른 일정도 없던 나를 상사가 추천해주었고 비용을 지원받아 정식 출장을 가게 되었다. 무급인턴으로 해외 출장까지 가는 경우가 얼마나 있을까. 더욱이 조직의 제일 높은 분과 가는 출장이어서 유엔 깃발이 달린 차로 공항도 갔다.

유니세프 르완다 동료와 함께 키거메 난민캠
프 유아교육지원 출장에서.

오늘 한 행동에 대한 보답이 당장 되돌아오지는 않지만 나중에라도 꼭
온다는 걸 배운 좋은 기회였고 정말 감사했다. 출장 자체보다 그동안의 내
노력과 열정이 인정받은 것 같아 기뻤다.

### 내가 좋아하는 나에게로 한걸음씩 다가가다

주말 아침, 일찍 눈이 떠져 새소리와 함께 아무것도 하지 않아도 되는 시
간. 아프리카에서는 시간이 느리게 간다. 네팔에 있을 때도 네팔 타임이 있
었고 느리다며 답답해하던 시간들이 많았지만 여기는 또 다른 세상이다.
아프리카 타임은 또 다르다. 나 같으면 열 번을 폭발하고도 남았을 상황에
서 이곳 동료들은 그저 한번 멈추고 그 상황이 존재하지 않는 듯, 멀리 다
른 세상에 다녀온 듯한 표정을 지으며 그다음 상황으로 넘어간다. 단순히
느리다는 것만으로는 설명하기 힘들다. 아프리카 시간에는 현재의 일을 그

저 일어나는 모든 일 중 하나로 넘겨버릴 수 있는 단순함의 지혜도 숨어있는 것 같다.

인생은 마라톤이라고들 한다. 절대 공감한다. 그리고 또 하나 매 순간이 중요하다는 것. 도착 지점은 중요한 순간들 중의 하나라는 것. 매 순간 나를 위해 결정하고 나를 위해 고민하고 한 발 한 발 내딛어 나를 만들어가는 것이 인생이라고 생각한다. 나는 변하고 주변도 변하지만 내가 좋아하는 나에게로 한걸음씩 다가가고 내가 원하는 방향에 조금씩 가까워지는 하루하루가 쌓인다면 인생의 어느 지점을 잘라 그 단면을 보더라도 나름 의미있는 순간일 것이다.

어릴 적에는 유럽이 가장 매력적이었다. 그리고 선진국에 가지 못하면 밀리는 분위기의 직장에서 난 당연히 유럽 지사에 지원을 했다. 그런 내가 우연히 네팔에 가게 되었다. 그곳에서 새로운 문화와 산자락의 아름다움에 반했고 네팔 주변 나라인 베트남, 말레이시아, 싱가포르와 태국을 여행했다. 그러고는 가보지 않은 새로운 대륙에 가보리라 마음먹고 드디어 르완다에 왔다.

주변에 나보다 훨씬 빠른 나이에 해외에서 다양한 경험을 쌓는 친구들을 보면 그렇게 부럽고 부끄러울 수가 없다. 나는 그동안 선입견에 갇혀 선진국만을 고집하다가 이제야 겨우 다른 세상에 눈을 뜨게 되었는데. 하지만 더 늦지 않았음에 감사하려고 한다. 이제라도 아프리카에 오게 되었고 그 생활에 감사한다. 르완다 접수, 그다음은 또 어디일지 기대된다.

# 국민적 자부심을 찾아서

지난 1년간 저는 공간적으로 조금 떨어져서 우리 사회가 한 단계 성숙해지기 위해 진통을 겪는 모습을 지켜보며 가슴앓이를 할 수밖에 없었습니다. 원래 외국에 나가서 조국을 바라보면 기쁨도, 슬픔과 안타까움도 모두 더 크게 다가오는 법인가 봅니다. 남미에서 또 아프리카에서 대한민국을 바라보며 조금은 객관적이 되려고 노력했습니다.

우리는 뒤쳐진 나라를 도우라는 국제적 요구에 직면할 만큼 덩치가 큰 나라를 힘들게 일구었습니다. 그러나 아직도 갈 길은 멀기만 합니다. 마치 덩치만 커졌지 마음은 아직 미성숙 상태인 사춘기 아이처럼, 대한민국은 지금 '가치를 중시하는 사회'로 가기 위한 오랜 여정을 앞두고 있습니다. 당분간 성장통이 계속되겠지요. 이른바 선진국에 다가갈수록 더 자주 역설적 상황에 직면하게 될 것입니다. 미국의 밥 무어헤드 목사의 글 「우리 시대의 역설」에서 처럼 말입니다.

> 건물은 더 높아지지만 인격은 더 작아지고
> 소비는 많아지지만 더 가난해지고
> 집은 커지지만 가족은 더 작아지고
> 지식은 늘어나지만 판단력은 더 부족하고
> 전문가들은 늘어나지만 문제는 더 많아지고
> 가진 것은 몇 배가 되지만 가치는 더 줄어들고
> 여가는 늘어나도 마음의 평화는 줄어드는 슬픈 현상은
> 우리를 끊임없이 당혹스럽게 만들 것입니다.

그러나 이 또한 모두 지나가고 지금까지 그래 왔던 것처럼 우리는 해낼 것입니다. 후발 개도국들이 닮기 원하는 고속 성장이 물질에서뿐 아니라 정신과 가치 면에서도 성취될 것입니다. 품격 높은 성장으로 다른 나라의 존경을 받는 단계에까지 이를 것입니다. 아니 그렇게 만들어야 합니다.

마음이 풍요로워지고 정신이 더 고양되어, 버는 것보다 베푸는 것에서 기쁨을 느끼는 비움의 사회가 되기를 진심으로 바랍니다. 가진 사람, 높은 사람이 가지지 못한 사람, 평범한 사람의 입장이 되어 서로 공존하는 사회가 되기를 희망합니다.

더 많이 웃고, 더 많이 용서하고, 더 많이 사랑하고, 더 많이 행복한 나라가 되기를 절실히 바랍니다. 증오의 언어가 사라지고, 이해와 배려의 언어가 우리 사회를 따뜻하게 데우기를 바랍니다.

입막음과 귀 막음이 사라지고, 눈빛만 보아도 알 수 있는 이심전심과 무

언의 대화가 가능한 사회가 되었으면 좋겠습니다. 각자가 가진 최상의 것을 세상과 나누는 살 만한 세상을 만들어가면 정말 좋겠습니다.

많은 국민이 춤을 즐기고, 가족과의 시간을 즐기며, 밤하늘의 별을 자주 바라볼 수 있으면 좋겠습니다. 더 자주 새소리에 귀 기울이고 꽃향기를 맡을 수 있기를 바랍니다. 그리고 언제나 고요하게 깨어있는 그런 나라가 되면 좋겠습니다.

## 나의 오늘이 누군가의 미래가 될 수 있다면

르완다에서 쓴 글들은 이런 마음을 전하기 위한 작업이었습니다. 페루를 거쳐 르완다까지 1년을 개발도상국에서 보내며 여러분에게 전하고자 한 메시지는 한마디로 '국민적 자부심'입니다. 우리가 만들어가야 할 공존과 화해, 양보와 배려의 세상은 우선 우리보다 뒤쳐진 나라 국민들에게 나누어주고 베풀며 스스로 고양되는 국민적 자부심으로부터 비롯될 수 있습니다.

르완다는 모든 면에서 우리보다 뒤쳐진, 열악한 나라입니다. 경제적으로만 보면 우리가 도움받을 것이라고는 찾아보기 힘든 빈국이지만 그곳에서 많은 것을 생각하고 배우고 왔습니다.

이 책을 특히 젊은이들이 많이 접했으면 합니다. 그리고 인생 이모작을 생각하는 분들도 눈여겨보았으면 합니다. 이 글들이 대한민국이 국제사회로부터 존경받는 품격 있는 나라로 가기 위한 긴 여정에서 우리가 해야 할 일이 무엇인지 생각할 수 있는 조그마한 계기가 된다면 더할 나위 없이 기쁘겠습니다.

# 오세훈, 길을 떠나 다시 배우다
## 르완다 키갈리 일기

1판 1쇄 발행  2015년 4월 30일
1판 2쇄 발행  2015년 6월 30일

지은이  오세훈

발행인  양원석
본부장  송명주
책임편집  송현주
교정교열  조연혜
해외저작권  황지현, 지소연
제작  문태일, 김수진
영업마케팅  김경만, 윤기봉, 전연교, 김민수, 장현기, 이영인, 송기현, 정미진, 이선미

펴낸 곳  (주)알에이치코리아
주소  서울특별시 금천구 가산디지털2로 53, 20층 (가산동, 한라시그마밸리)
편집문의  02-6443-8854  구입문의 02-6443-8838
홈페이지  http://rhk.co.kr
등록  2004년 1월 15일 제2-3726호

© 오세훈, 2015
Printed in Seoul, Korea

ISBN 978-89-255-5608-6 (04810)
      978-89-255-5609-3 (set)

RHK 는 랜덤하우스코리아의 새 이름입니다.